IQ – Das Experiment

Inhalt

»Ich denke so gut wie nie in Worten.«

Albert Einstein

»Wer flicht Schmetterlinge aufs Rad?«

Alexander Pope: Brief an Dr. Arbuthnot

PROLOG:

Ein Anfang und ein Ende

16. Februar 1989, 23.00 Uhr

Der Hund war alt. So alt, dass jetzt sogar der Instinkt, der ihn während der letzten Monate am Leben erhalten hatte, zu schwinden begann.

Hin und wieder tauchte im hintersten Winkel seines Gedächtnisses ein Gesicht auf. Ein menschliches Gesicht: alt, erschöpft, faltig und von glatten, gelb-grauen Haaren umrahmt.

Und Hände. Alte Hände, die empfindliche Ohren liebkosten und mit festen, gleichmäßigen Bewegungen auf Rücken und Flanken das Fell glatt strichen. Der Herr und Meister, der fürs Essen sorgte und dafür Ergebenheit einforderte. Was in der Erinnerung fehlte, war der weiße Krankenwagen mit den grellroten Lichtern, in dem der Herr weggebracht worden war. Für immer.

Es hatte angefangen zu nieseln. Angelockt von einem vagen Essensgeruch, aber ohne Gespür für Gefahr, lief der alte Hund über den immer noch von der Hitze des Tages erwärmten Asphalt des Highways, statt am Straßenrand zu bleiben. Grelles Scheinwerferlicht durchschnitt die tiefe Dunkelheit; viel zu spät erfassten die Lichtkegel das wie erstarrt stehen gebliebene Tier, das zu alt und zu müde war um sich vor der herannahenden Bedrohung zu fürchten.

Richard Grace, der am Steuer des Wagens saß, fluchte, trat auf das Bremspedal und riss das Lenkrad scharf nach rechts um dem alten Labrador auszuweichen, der wie aus dem Nichts aufgetaucht war. Die braunen Aktenumschläge, die auf dem Beifahrersitz lagen, wurden nach vorne geschleudert und eine Flut von Blättern landete auf dem Boden des Fahrzeugs zu Richards Füßen.

Zu spät erkannte der junge Wissenschaftler seinen Fehler. Die Hinterradbremsen blockierten und das Fahrzeug schlitterte über die rutschige Straße. Richards Magen verkrampfte sich in einem Anfall von Panik. Er riss erneut das Steuer herum und versuchte gegenzulenken, aber die Vorderräder prallten so heftig auf die Leitplanke, dass seine Hände das Lenkrad nicht mehr festhalten konnten. Der Wagen kam ins Schleudern, kippte zur Seite und rutschte fast wie in Zeitlupe in einem Sprühregen aus Metall weiter. Mit einem schrillen, splitternden Geräusch schoss das Fahrzeug über die Fahrbahn hinaus und prallte mit einer solchen Wucht gegen einen Strommasten, dass die Kühlerhaube wie eine Eierschale zerbrach und der Benzintank aufriss. Einen Augenblick lang war alles ruhig, dann hatte das herausströmende Benzin den glühend heißen Auspuff erreicht ...

Die Explosion zerschnitt die nächtliche Stille; gelbe Flammen schossen empor, verschluckten gierig das Fahrzeugwrack und alles, was sich darin befand. Aus den nahe gelegenen Häusern am Stadtrand strömten hilfsbereite Menschen herbei. Niemand bemerkte den alten Hund, der nach kurzer Unterbrechung seinen Weg einfach fortsetzte.

Nur für einen kleinen Moment hielt er inne und schnüffelte an den verkohlten Überresten eines Computerausdrucks, der eine Liste mit Namen und Adressen enthielt, von denen einige mit Leuchtstift markiert waren. Ein Windstoß wehte die Papierfetzen an den Straßenrand und ein dünnes Rinnsal

Wasser, das durch den heftigen Regen langsam stärker anschwoll, trug sie fort.

Der Hund verschwand, leicht hinkend, im Dunkeln der Nacht.

24. Dezember 1990, 23.30 Uhr

An der Spitze der Landzunge war es bitterkalt. Die junge Frau machte ein paar Schritte zurück und trat in den Windschatten eines großen Felsbrockens um sich vor den heftigen Windböen zu schützen. Der Stein gab Wärme ab – eine Erinnerung an den glühend heißen Tag, der dem Wetterwechsel vorangegangen war.

Weit unten schlugen die Wellen schäumend und mit wütendem Getöse gegen den Sandstrand. Das donnernde Krachen erreichte die Anhöhe der Klippen erst den Bruchteil einer Sekunde später, wie in einem schlecht vertonten Film. Aber die junge Frau nahm das nicht wahr. Sie war ganz allein hier oben, selbst die Seemöwen hatte der stürmische Wind landeinwärts gejagt.

Es ging auf Mitternacht zu und der weiße, runde Mond stand tief am Horizont, eingerahmt von Gewitterwolken, und ergoss sein silbernes Licht über die aufgewühlte Oberfläche des Meeres. Blitze zuckten am Himmel und von weit draußen auf dem Meer antwortete ein fernes Donnergrollen. Die Frau hob ihr Fernglas an die Augen und suchte das Meer ab. Jetzt hatte sie es entdeckt. Das Boot war einen halben Kilometer von der Küste entfernt und fuhr aufs offene Meer hinaus. Aus dieser Entfernung war es kaum mehr als ein kleiner schwarzer Punkt auf dem silbernen Pfad des Mondscheins, hin- und hergeworfen wie ein dem Spiel der Winde ausgesetztes Korkenstück.

Ein Lächeln huschte über das Gesicht der jungen Frau, als sie daran dachte, dass sie nicht die Einzige war, die dem hinaustreibenden Boot hinterhersah. Larsen und MacIntyre waren unten am Strand. Sie hatte gesehen, wie sie vor ein paar Minuten angekommen waren. In den Augenblicken, in denen der tosende Wind Atem holte, drangen hin und wieder ihr lautes Gezänk und ihre Anschuldigungen zu ihr hoch. Larsens Boot zu stehlen und damit zu fliehen war das Salz in der Wunde; für einen kurzen Moment fühlte sie sogar Mitleid mit ihm.

Langsam zog sie das kleine Kästchen aus ihrer Tasche und hielt es vor sich wie die Fernbedienung eines Fernsehapparats. Sie zögerte kurz, dann drückte sie auf den Knopf. Fast im gleichen Moment erhellte ein gleißender Lichtschein die Nacht, bis nach einem endlos erscheinenden Augenblick ein dumpfes Geräusch folgte, so als explodiere ein Feuerwerkskörper in weiter Ferne. Wo sich vor wenigen Sekunden noch der kleine, schwarze Punkt der *Lisa-Marie* der mächtigen See entgegengeworfen hatte, flackerten kurz ein paar Flammen auf. Sie erstarben, als sich die Wellen über den Überresten des zerstörten Bootsrumpfes schlossen. In weniger als dreißig Sekunden war es, als habe das Boot nie existiert.

Susan Grace nahm das Fernglas von ihren Augen, trat an den Rand der Klippe und warf das schwarze Kästchen hinab in die Dunkelheit. Es fiel auf einen Felsen und wurde kurze Zeit später von der Brandung verschluckt.

Als Susan zum Himmel sah, trafen ihre Wangen die ersten dicken Regentropfen.

»So, Richard. Es ist vorbei. Vielleicht können die Babys jetzt ihren Frieden finden.«

Der Regen wurde heftiger. Sie wandte sich ab und ging den Weg zurück zur Straße.

TEIL EINS:
Hinter dem Glas

»*Um Euer Freund zu sein und Eure Lieb zu haben ...*«
William Shakespeare: Der Kaufmann von Venedig

»*Wer kann allein genießen?*«
John Milton: Das Verlorene Paradies

I

Gregs Geschichte

Sie sah mich nicht so an wie die meisten anderen. Du weißt schon, mit diesem Lächeln auf den Lippen, das nicht bis zu den Augen reicht. Und mit einem Blick, der sich nur auf mein Gesicht konzentriert, so als wäre ich ein sprechender Kopf und sie Talkshowkameras für Großaufnahmen. Indem sie es vermeiden, den Teil von mir anzusehen, der nicht funktioniert, können sie wohl auch die Tatsache selbst ignorieren. Mit dem Verstand ist es so eine Sache. Versuch doch einmal, wenn du nichts Besseres zu tun hast, dich von allem, was in deinem Kopf herumschwirrt, zu befreien und an gar nichts zu denken. An absolut gar nichts. Es geht nicht. Sobald du es auch nur versuchst, schaltet sich dein Verstand ein und überschwemmt dich mit tausenden von Dingen. Sogar sich auf nichts zu konzentrieren heißt, etwas zu tun. Aus dem Nichts wird Etwas. Ich für meinen Teil denke meistens an Mädchen, und je mehr ich mich bemühe *nicht* daran zu denken, desto mehr tue ich es – und desto weniger haben sie an. Also gebe ich das mit dem Nichtsdenken auf. Dann macht es mir mehr Spaß, gleich von vornherein an Mädchen zu denken, mit oder ohne Kleider.

Genauso geht es den Menschen mit mir. Je mehr sie versuchen »mein Problem« zu ignorieren – wie meine Mutter es nennt, wenn sie höflich gegenüber Fremden ist –, desto häufiger wandern ihre Blicke dorthin. Die Leute bemühen sich in mein Gesicht zu sehen, doch ihr Blick gleitet zu meinen Beinen. Sobald sie sich selbst dabei ertappen, sehen sie rasch wieder in mein Gesicht, während sie krampfhaft nach Worten suchen um zu verbergen, dass sie eigentlich nicht wissen, was sie sagen sollen. Und die ganze Zeit über fragen sie sich, ob ich es wohl bemerkt habe, wie sie meine Beine anstarrten. Ich habe da so ein Spiel. Manchmal, wenn ich besonders niedergeschlagen oder gelangweilt bin und mich selbst ein bisschen aufmuntern will, mache ich mir einen besonderen Spaß daraus, zu Leuten, denen ich zum ersten Mal begegne, hallo zu sagen und ihnen dann ganz fest in die Augen zu sehen. Und zu warten.

Ist dir schon einmal aufgefallen, dass man dem anderem niemals richtig in die Augen sieht? Das machen nur kleine Kinder oder sehr alte Menschen. Aber vermutlich sind Kindheit und Alter sowieso Ausnahmezustände.

Wie dem auch sei – ich tue es auch, und ich zähle dabei mit, wie lange es dauert, bis mein Gegenüber den Blick senkt. Ja, ich lehne mich sogar noch etwas stärker auf meine Krücken, sodass meine Beine noch deformierter aussehen als sonst. Herrlich, wie furchtbar peinlich das den Leuten ist.

Joanna, meine Schwester, findet es »ungehörig«, so etwas zu tun. Sie ist achtzehn und wunderbar altmodisch. »Ungehörig« ist so ungefähr das schlimmste Wort, das sie in den Mund nimmt. Natürlich hat sie Recht. Sie sagt auch, dass es eine besonders kindische Art des Selbstmitleids sei und dass es mir Spaß mache, mich in diesem Gefühl »zu wälzen«. Aber das stimmt nicht. Ich bin nicht verbittert. Oder wütend. Die Welt ist gar nicht so schlecht. Nein, ich interessiere mich einfach für Menschen – und für die Art, wie sie reagieren. Wenn man mit Beinen durchs Leben geht, die so krumm sind wie Mamma Fiorellis Spaghetti – al dente gekocht –, hat man doch hin und wieder ein bisschen Abwechslung verdient.

Aber dieses Mädchen war anders. Ich starrte sie an und lehnte mich auf meine Krücken und sie lächelte nur. Und es reichte bis zu den Augen. Dann starrte sie zurück und schließlich war ich es, der das Schweigen brach.

»Neu hier?«

»Sag Mikki zu mir. Und du bist Gregory?«

»Greg.«

Sie nickte und ich konnte förmlich sehen, wie sie im Geist eine Notiz machte.

»Greg ... schön dich endlich kennen zu lernen. Ich habe schon viel von dir gehört ...« Das war's. Keine Nervosität. Keine Peinlichkeit.

Mit einem Mal hörte ich mich selbst sagen: »Herzlich willkommen auf der Farm.« Ich konnte einfach nicht anders. Cool und geheimnisvoll? Vergiss es. Ich hatte mich gerade eben verliebt. »Und warum bist du hier ...?«

Vielleicht sollte ich erklären, was es mit der Farm auf sich hat. Es ist genauso sehr eine Farm, wie ich Arnold Schwarzenegger bin, aber »Farm« klingt irgendwie netter als »Institut« oder – wie man heute so schön sagt – »Einrichtung«. So nannte es Dr. Gorman, als er hier war. Aber er war ja auch nur ein Gast; eine wissenschaftliche Leihgabe aus dem Psychologie-Institut in Harvard oder Yale oder sonst wo, daher nahmen wir ihm vieles nicht übel.

Die Farm. Sie ist eine Einrichtung für fortgeschrittenes Lernen. Die gute alte »Denkfabrik« also, ein anheimelnder Ort an der Küste, in dem man einen bunt zusammengewürfelten Haufen von Außenseitern weggesperrt hat, die meisten davon in jugendlichem Alter und mit einem superhohen IQ, aber sozialen Fähigkeiten, die gegen null gehen. Und warum das alles? Weil sie uns genauso wenig verstehen wie wir sie und weil irgendjemand (obwohl ich erst noch herausfinden

16

muss, wer das ist) der Meinung war, dass wir uns noch einmal als nützlich erweisen könnten. Es heißt, in Osteuropa hätten sie eine ganze Reihe solcher Denkfabriken. Mit lauter kleinen Genies, die früh verschlissen werden.

Außerdem wird das mit dem Genie meist völlig überschätzt, da kannst du jeden auf der Farm fragen. Zunächst einmal ist das Genie sehr eingeschränkt in seinen Fähigkeiten. Die meisten Menschen denken bei Genie sofort an Leonardo da Vinci oder Albert Einstein. Aber Einsteins Genie war beschränkt auf mathematische Zusammenhänge und Leonardo hatte einfach Glück. Er lebte in der Renaissance, wo man sich generell bemühte auf allen Gebieten so viel zu lernen wie nur möglich. Und ein Verstand wie seiner findet sich wahrscheinlich nur alle tausend Jahre einmal.

Das durchschnittliche Genie beschränkt seine Genialität aber auf einen Bereich. Zum Beispiel Gretel. Sie ist ein echtes Ass auf dem Gebiet der höheren Mathematik. Frag sie nach parallelen Systemen und sie redet dich in Grund und Boden. Zu ihrem Leidwesen ist das nicht unbedingt eines der beliebtesten Gesprächsthemen, jedenfalls nicht bei der Hälfte der Bevölkerung, die sich für Mathematik nur so weit interessiert, dass sie die Auswertung der Fußballergebnisse vom Wochenende oder die Berechnung der Oberweite beim Playmate des Monats begreifen kann. Unglücklicherweise ist das genau die Hälfte der Bevölkerung, auf die Gretel es abgesehen hat. Als ich einmal zu bedenken gab, dass man mit vierzehn noch zu jung ist um bereits eine Zynikerin und frustrierte Möchtegern-Nymphomanin zu sein, entwickelte sie eine neue Verwendungsmöglichkeit für meine Krücken, die, ins Dreidimensionale umgesetzt, sehr unangenehm für mich hätte werden können. Genies können manchmal schrecklich empfindlich sein!

Das ist wohl auch der Grund, warum die meisten von uns ganz gerne auf der Farm sind. Es ist ein Ort, an dem wir uns nicht verstellen müssen. Manche gingen bereits auf die Highschool, bis endlich jemand merkte, dass sie »begabt« waren. Was für ein Wort.

Es dauert nicht sehr lange, bis man begreift, was es heißt, anders zu sein. Also passt man sich an. Wie Chris, der in seinen Arbeiten immer wieder Fehler einbaute und so jahrelang zum Mittelfeld der Klasse gehörte. Er spielte Basketball und Fußball und brachte es sogar bis zum mehrmaligen Nachsitzen und einem Direktoratsverweis. Am Ende erwischten sie ihn doch. Er verriet sich selbst und es kam wie aus heiterem Himmel. Chris machte den Fehler, mit seinem Physiklehrer Stephen Hawkings Ansichten zur Quanten- und Relativitätstheorie zu diskutieren. Wobei diskutieren das falsche Wort ist. Der Lehrer stand nur mit offenem Mund da und hörte zu. Bis Chris seinen Fehler bemerkte. Doch da war es zu spät. Allerdings glaube ich, dass Chris auf gewisse Weise auch erleichtert war. Damals war er zwölf. Man kann nicht sein ganzes Leben mit einer solchen Lüge leben.

Dieses Problem hatte ich nie. Wenn man so aussieht wie ich und seine Zeit damit verbringt, seinen Unterleib durch die Gegend zu schwenken wie ein Anhängsel, dann hat es gar keinen Zweck, so sein zu wollen wie alle anderen. Also verlegte ich mich auf das genaue Gegenteil. Ich nährte meinen Intellekt – und mein Ego – und wurde zur schlimmsten Nervensäge der südlichen Erdkugel, bis jemand – in dem verzweifelten Versuch meine Umgebung davor zu bewahren, völlig durchzudrehen – mich auf die Farm schickte.

Nicht dass ich etwas dagegen hatte. Besonders nachdem Mikki hier aufgetaucht war ... aber das sagte ich ja bereits.

Die Person, von der hier eigentlich die Rede sein soll, ist Myriam. Denn sie war das erste Metamidbaby und vielleicht auch das erstaunlichste.

Wie wir später herausfanden, kam sie bereits Anfang Juli 1989 auf die Farm. Aber einige Teile der Farm sind nicht ein-

18

mal für ihre Bewohner frei zugänglich. Wir wussten also nichts von ihr, bis zu jenem Tag Mitte August, als die Matheson-Zwillinge auf die Farm kamen. Das war der Tag, an dem alles begann ...

II
Anfänge

14. Juni 1989

»Glauben Sie mir, Mrs Matheson, ich weiß, wie Sie sich jetzt fühlen müssen ...« Die Ellbogen auf den Küchentisch gestützt und die Hände verschränkt, saß Larsen da. »Aber ich denke, wir beide wollen nur das Beste für die Kinder.« Er hielt inne und studierte das Gesicht der Frau, während er wartete, dass seine Argumente Wirkung zeigten.

»Nur sehr wenige Familien sind der Belastung gewachsen, die ein autistisches Kind mit sich bringt, aber gleich zwei ... Selbst wenn Ihr Mann noch am Leben wäre, hätte ich Ihnen diesen Vorschlag gemacht, und wenn es nur zum Wohl Ihrer anderen Kinder wäre.«

»Könnte ich sie besuchen kommen?« Sie gab bereits nach, so wie er es erwartet hatte. Eine gute Mutter, liebevoll, fürsorglich – und auf der Suche nach einer Lösung für die ausweglose Situation, in der sie sich befand.

Er lächelte aufmunternd. »Natürlich können Sie das. Das Institut ist kein Gefängnis, Mrs Matheson. Besuche sind ohne weiteres möglich. Aber, um es ganz offen zu sagen, in so schweren Fällen wie bei Ihren beiden Kindern könnte dies sehr deprimierend sein. Wir sind, was diese Probleme angeht, führend in der wissenschaftlichen Forschung. Trotzdem ist es nicht einfach vorherzusagen, welche Fortschritte die einzelnen Patienten machen. Aber was ich Ihnen versprechen kann, ist beste Pflege und ausgezeichnete fachliche Betreuung.« Wieder lächelte er, streckte seine Hand aus und berührte den Arm der Frau. »Es ist zu ihrem Besten.«

»Das weiß ich ja, aber ...« Sie stockte. Er hatte gewonnen. »Es ist manchmal nur so schwer ... ich will doch nur das Richtige tun. Für uns alle.«

Larsen nickte und zog das Papier aus seiner Jackentasche.

15. August 1989

»Komm schon, heb sie hoch. Du siehst doch, dass sie nicht alleine gehen werden.« MacIntyres Ton war so unfreundlich wie immer und Erik, der junge Pfleger, sandte dem weißen Laborkittel-Rücken einen entnervten Blick hinterher.

Die Zwillinge waren sieben Jahre alt, sahen jedoch nicht älter aus als fünf. Immerhin, dachte Erik, der alte Ziegenbock hatte Recht. Sie würden ganz sicher nicht auf eigenen Füßen in das Institut gehen. Er beugte sich vor und packte das erste der beiden Kinder. Überrascht stellte er fest, wie kalt und feucht sich dessen Haut anfühlte. Er hielt inne und betrachtete das Gesicht des Jungen. Die kleinen, blauen Augen starrten ihn direkt an, aber der Blick war leer und unbeteiligt, so als wäre er, Erik, gar nicht vorhanden. Er hob das Kind hoch und war erstaunt darüber, wie leicht es war. Dann ging er ins Haus hinein.

Myriam stand neben der Tür, die zu dem Zimmer der Zwillinge führte, als Erik den kleinen Jungen hineintrug. Sie konnte sich in dem Gebäudekomplex frei bewegen. Ihre stille Gegenwart störte niemanden und das Personal hatte sich daran gewöhnt, dass sie hier und da wie aus dem Nichts auftauchte.

Aus Gewohnheit sprach Erik sie an. »Siehst du, Myriam, wir haben zwei Spielgefährten für dich gefunden.« Dann musste er lächeln. Der Gedanke, dass Myriam mit jemandem spielte, noch dazu mit diesen beiden, war absolut lächerlich. Was er nicht bemerkte, als er das Zimmer betrat, war die leichte Kopfbewegung des Mädchens. Aber es war nicht Erik, dem Myriams Aufmerksamkeit galt. Ian Matheson sah über die Schulter des Pflegers hinweg, und als sich seiner und Myriams Blick trafen, fand zwischen den beiden eine Art von Kommunikation, von Wiedererkennen statt.

Zum ersten Mal seit ihrer Ankunft auf der Farm im Juli zeigte sich ein Lächeln auf Myriams Lippen. Aber es war niemand da, der es bemerkte.

20. Oktober 1989

»Halt den Mund und sieh zu!«, sagte Larsen knapp und ohne den Blick vom Bildschirm zu lösen. Doch er klang nicht wirklich verärgert und MacIntyre ignorierte die Schroffheit des Tons. Als Larsen ihn angerufen und zu sich gebeten hatte, hatte er sofort gewusst, dass es sich um etwas Wichtiges handeln musste. Wichtig genug um eine Verabredung zum Essen mit seiner Frau abzusagen.

Larsen spulte gerade das Video zurück. Bei der schnellen Geschwindigkeit, mit der das Band ablief, konnte MacIntyre nichts Ungewöhnliches erkennen. Nur die drei Babys, wie sie um einen Tisch saßen und auf drei Blättern Papier herumkritzelten. Es gab nicht das geringste Anzeichen für eine Verständigung zwischen ihnen. Das gab es nie.

Larsen drückte die Taste und ließ nun das Band mit normaler Geschwindigkeit vorwärts laufen. Es war alles still, bis auf das gelegentliche Rascheln von Papier in dem kahlen Raum.

»Und was ist daran so Besonderes?«, fragte MacIntyre ungeduldig. Die kalte Wut seiner Frau ging ihm nicht aus dem Kopf. Sie hasste es, wenn ihre Pläne durchkreuzt wurden.

»Schau einfach nur hin ...«

MacIntyre blickte zum Bildschirm. Und dann sah er es. Myriam saß an dem einen Ende des Tisches, flankiert von den Zwillingen. Ian saß links von ihr, Rachael rechts. Das war kein Zufall. Man hatte sie absichtlich in dieser Anordnung an den Tisch gesetzt. Es schien ihnen allerdings vollkommen gleichgültig zu sein, wo sie saßen. Oder ob sie überhaupt saßen.

Plötzlich, wie als Antwort auf ein unsichtbares Signal, legten die Zwillinge ihre Stifte nieder und schoben ihre Blätter Papier in die Mitte des Tisches zu Myriam, die, ohne die beiden auch nur anzusehen, die Blätter einsammelte und zu ihrem legte, ihren Stuhl zurückschob und den Raum verließ. Die Zwillinge blieben still sitzen, auf ihren Gesichtern zeigte sich keine Regung.

Larsen hielt den Videofilm an.

»Es ist in der Tat etwas merkwürdig ...«, begann MacIntyre, aber Larsen unterbrach ihn sofort.

»Es ist mehr als nur merkwürdig. Sieh dir das an.« Er hielt drei Blätter Papier hoch. »Ich habe sie aus Myriams Zimmer geholt, während sie gebadet wurde.«

MacIntyre nahm die Blätter, legte sie vor sich auf den Tisch und betrachtete sie einen Moment lang. Zuerst konnte er nichts mit den achtlos gezeichneten Bleistiftlinien anfangen, aber dann beugte sich Larsen über ihn, ordnete die Blätter neu und drehte eines davon um die halbe Achse.

Jetzt erkannte MacIntyre, worauf Larsen hinauswollte.

»Wenn es jemals einen Zweifel darüber gegeben hat, jetzt ist er ausgeräumt. Sie sind ebenso wenig autistisch wie wir beide. Die Frage ist: Was zum Teufel sind sie dann?«

III

Mikkis Geschichte

Greg ist nicht halb so kaltschnäuzig, wie er alle glauben machen möchte. Wenn man bedenkt, was er durchgemacht hat, ist er bemerkenswert ausgeglichen. Er war der erste Gleichaltrige, den sie mir vorstellten, als ich auf die Farm kam. Sie warnten mich vor ihm. Doch das war völlig unnötig, denn an so etwas war ich gewöhnt.

Ich habe nämlich einen Onkel – um genau zu sein, ist es der ältere Bruder meiner Mutter. Er trat auf eine Landmine in Vietnam. Das war 1972, glaube ich. Sechs Wochen bevor sie den Rückzug anordneten. Siebenunddreißig Operationen und von den Knien ab Beinprothesen ... aber er lernte wieder zu gehen. Zuerst mit einem Gehgerät, dann mit Krücken, die man sich an die Oberarme schnallte. Solche benutzt auch Greg. Ich erkenne in ihm viel von meinem Onkel wieder. Er war immer mein Lieblingsonkel, trotz seines verqueren Humors.

Ich weiß. Es geht um Metamid. Um die berühmten Babys. Aber das ist schon das Erste, was nicht stimmt. Es handelte sich niemals um Babys – obwohl niemand das wusste. Zumindest nicht am Anfang.

Sie hielten sie in einem anderen Teil des Gebäudes unter Verschluss und niemand erfuhr etwas davon. Sie haben uns nie von ihnen erzählt. Nicht einmal am Schluss. Wir fanden es selbst heraus.

Katie war die Erste, die sie »hörte«. Eines Nachts – genauer gesagt, war es zwei Uhr morgens – setzte sie sich plötzlich in ihrem Bett auf und knipste das Leselämpchen an. Sie und ich teilten uns ein Zimmer. Normalerweise schlief sie wie ein Stein. Jedenfalls weckte sie mich auf, sah mich starr an und sagte: »Sie hat Schmerzen.«

Und obwohl ich in diesem Moment wusste, dass ich es später bereuen wurde, fragte ich sie: »Wer?«

»Myriam.« Und bevor ich noch etwas aus Katie herausbrachte, legte sie sich wieder ins Bett und schlief ein, während das Licht noch brannte.

Sehr viel später sah ich in den Aufzeichnungen nach. Bevor sie vernichtet wurden. Die Geschichte mit Katie muss ungefähr zu der Zeit passiert sein, als Myriam einen Blinddarmdurchbruch hatte, an dem sie beinahe gestorben wäre. Manchmal frage ich mich, wie sich die Dinge entwickelt hätten, wenn sie in jener Nacht tatsächlich gestorben wäre. Aber natürlich tat sie es nicht.

Ich stellte Katie am nächsten Tag zur Rede und fragte sie, wer Myriam sei, aber sie zog sich zurück und murmelte vor sich hin: »Ich habe es versprochen« oder so etwas Ähnliches. Es war seltsam. Bisher hatte sie mir nie etwas verheimlicht.

Dann fing das mit den Träumen an. Eigentlich waren es keine richtigen Träume, eher flüchtige Bilder. So als ob man einzelne Wortfetzen einer Unterhaltung auffängt – nur dass die sich im eigenen Kopf abspielte. Zuerst dachte ich, nur mir erginge es so. Ich hatte ziemlich viel gearbeitet und schlecht geschlafen – und es geschah immer genau in diesem schwebenden Zustand zwischen Schlaf und Wachsein. Wenn etwas in dieser Phase geschieht, in der dein Verstand sich ausschaltet und nur noch dein Unterbewusstsein wach ist, kannst du dich beim Aufwachen nicht mehr daran erinnern. Und dennoch war da etwas – ein nagendes, fremdartiges Gefühl. Ich ertappte mich dabei, wie ich darauf wartete, dass es wiederkam. Und es kam wieder, aber nur, wenn ich zu schläfrig war um mir einen rechten Reim darauf zu machen.

Katie begann im Schlaf zu sprechen. Ich sah den Zusammenhang nicht sofort, doch eines Nachts begriff ich es. Was immer es war, das sie in ihr Kissen murmelte, es hatte etwas mit diesem seltsamen Gefühl zu tun. Einige Worte von Katie reichten aus und schon spürte ich wieder das merkwürdige Kribbeln im hintersten Winkel meines Verstandes. Es drängte sich nach vorne, kam quälend nahe heran, sodass ich kurz davor war, seinen Sinn zu erfassen. Je mehr Katie sprach, desto intensiver wurde das Gefühl. Das also war das Geheimnis, das Katie nicht preisgeben wollte. Es war Myriams Geheimnis.

Mit einem Mal war ich hellwach. Ich sah hinüber zu Katie. Der Mond schien durch unser Fenster und sie drehte sich um, sodass ihr Gesicht vom Mondschein erleuchtet wurde. Sie schlief tief und fest – *obwohl ihre Augen weit geöffnet waren.*

IV

Schmetterlinge

10. Februar 1990

Es war ein schwüler Tag und selbst der obligatorische Ausflug zum Strand schien zu anstrengend. Als der Kleinbus des Instituts am Strand angekommen war, hatte die Hitze auch noch das letzte Quäntchen Energie aus ihnen herausgesaugt. Das Meer war aufgewühlt, die Wellen umspülten kraftvoll den Strand und wirkten nicht ungefährlich.

Chris warf einen Blick auf das Meer und sagte: »Sieht so aus, als hätten wir zwei interessante Alternativen. Entweder setzen wir uns hier an den Strand und warten, bis wir zu einem riesigen Klumpen zusammengeschmolzen sind, oder wir gehen schwimmen und lassen uns zu Brei zermalmen.«

Sie beschlossen sich der Herausforderung des Wassers zu stellen. Eine halbe Stunde später waren sie bereits wieder auf dem Rückweg zur Farm – vom Kampf mit den Wellen erschöpft und geschlagen, aber immer noch erhitzt. Erik, der am Steuer saß, legte eine Kassette ein. Eine alte Aufnahme von Queen. Er hatte sämtliche Aufnahmen, die es gab.

Greg, der direkt hinter dem Fahrersitz saß, gefiel das. Der Song war beinahe schon zu Ende. Greg hielt den Takt, schlug mit den Händen auf seine bewegungslosen Knie, während es aus den Lautsprechern dröhnte:

What the hell we fighting for?
Just surrender and it won't hurt at all,
Just got time to say your prayers
While you're waiting for the hammer to fall ...

Ziemlich deprimierende Botschaft. Aber der Rhythmus war
ansteckend. Und fühlten sie sich nicht alle genau so? Macht-
los. Kräften, die sie nicht kontrollieren konnten, hilflos aus-
geliefert. Darauf wartend, dass etwas geschah ...
Greg lauschte, wie das Gitarrensolo zu seinem Höhepunkt
kam, und sah sich in dem Fahrzeug um. Alle in dem Bus ver-
fügten über irgendeine besondere Fähigkeit. Eine Begabung,
die die Vorstellungskraft der meisten Menschen überstieg.
Aber was hatten sie davon? Von Gleichaltrigen wurden sie
gemieden. Diejenigen Erwachsenen, die sich nicht vor ihnen
fürchteten, hielten sie für eine Art Naturphänomen. Alles,
was sie hatten, war ein Zuhause weit weg von zu Hause, mit
Larsen und MacIntyre und all den anderen Wissenschaftlern,
die ihnen Aufgaben stellten, die Ergebnisse auswerteten und
sie bestenfalls als Versuchskaninchen betrachteten.
Nur Erik behandelte sie wie Menschen. Und Susan. Aber
Erik war nur ein Pfleger, sympathisch zwar, doch eben nur
das Dienstmädchen für alles. Unter den Wissenschaftlern
schien Susan die Einzige zu sein, die ihnen Gefühle zuge-
stand. Aber sie war ja auch neu hier. Die anderen waren nicht
unbedingt grausam – eher klinisch.
Kein Wunder, dass Susan und Erik sich vom ersten Augenblick an gut verstanden. Natürlich war Gretel die Erste, der
es auffiel. Allerdings war es auch ziemlich offensichtlich. Sie
beide hatten niemanden, mit dem sie reden konnten.
Außer uns, dachte Greg.

While you're waiting for the hammer to fall ...

Greg sah hinüber zu Mikki. Sie lächelte und berührte seine Hand. Er wusste, dass sie ihn verstand. Sie hatten oft genug darüber geredet. Er nahm ihre Hand in seine und erwiderte das Lächeln.

Das Lied war zu Ende und die ersten leisen Akkorde des nächsten Songs erklangen. Gretel starrte gedankenverloren zum Fenster hinaus. Lesley und Gordon spielten Schach – ohne ein Schachbrett –, indem sie die Züge benannten und sie sich im Geist vorstellten. Sie waren unglaublich. Niemals stritten sie über einen Zug oder über die Position einer Figur, und wenn man sie fragte, konnten sie sämtliche Züge des Spiels aufzählen. Das war ihre besondere Begabung. Nicht das Schachspiel, sondern ihr phänomenales Gedächtnis. Sowohl Gordon als auch Lesley hatten ein eidetisches Gedächtnis: Sie erinnerten sich an alles, was sie jemals gelesen, gehört oder gesehen hatten. An jede Einzelheit.

»Weißt du, was ich gerne machen würde?«, fragte Greg und lenkte Mikkis Aufmerksamkeit von der vorbeiziehenden Landschaft weg auf sich. »Vorausgesetzt, wir kriegen Ausgang für gute Führung und sind noch nicht im Rentenalter.«

»Ich weiß es nicht, aber du wirst es mir sicher gleich sagen.«

»Ich würde gerne eine Gruppe von Menschen um mich scharen, die alle außergewöhnlich sind.« Er warf einen Blick auf die Insassen des Fahrzeugs. »So wie unsere Mannschaft hier. Ich schätze, wir könnten ein Vermögen damit verdienen, Dinge zu erfinden – spezielle Computerprogramme beispielsweise. Troubleshooting und so ... Du weißt schon, Programme, die Probleme lösen, bei denen ein unkonventionelles Vorgehen gefragt ist. Sozusagen eine Agentur für freiberufliche Denkleistung.«

»Eine Art Genie-Verleih, meinst du?« Wie immer verstand sie sofort, worauf er hinauswollte.

»Genau. Ich hab sogar schon einen Namen. Wir könnten uns *Denkfabrik GmbH* nennen.«

Mikki schaute ihn an und lächelte. Er war manchmal so ein Traumtänzer.

Greg sah aus dem Fenster, dann wandte er sich wieder Mikki zu. »Was, glaubst du, wollen sie wirklich von uns? Larsen und die anderen.«

Sie überlegte einen Augenblick.

»Ich vermute, das wissen sie selbst nicht so genau.« Jetzt war es Mikki, die ihren Blick über die anderen schweifen ließ. »Wir sind wie ein neues Spielzeug ... oder wie eine Energiequelle. Sie spielen mit uns, experimentieren herum um rauszufinden, was wir alles machen können. Was sie mit uns machen können. Alle diese Tests, die Versuchsreihen. Wir sind zu wertvoll um weggeworfen zu werden, aber eine richtige Nutzanwendung für uns haben sie auch noch nicht gefunden. Weißt du eigentlich, wer das Ganze finanziert?«

Greg hatte keine Ahnung. Er zuckte mit den Schultern. »Die Regierung vermutlich. Wer sonst würde sich abgeben mit einem Haufen von ...«

»Falsch.« Während sie sprach, suchte sie in der Tasche ihrer Jeans und zog schließlich einen einzelnen Streifen Kaugummi hervor. »Sie bekommen zwar ihren Anteil an den Forschungsgeldern und so weiter, aber die Farm selbst gehört der Raecorp Australia.«

»Der Rae- was?«

»Raecorp. Das ist eine Tochtergesellschaft der Raecorp International. Ein multinationaler Konzern, der seine Finger überall drinhat, angefangen von der Schwerindustrie über die Nahrungsmittelbranche bis zur Pharmaindustrie.« Sie wickelte den Kaugummi aus dem Papier, brach ihn geschickt in der Mitte entzwei und reichte ihm die eine Hälfte.

»Und was wollen die von uns?«

»Vielleicht gar nichts. Möglicherweise sind wir nur hier, weil einer in der Finanzabteilung einen Weg gesucht hat, um Steuern zu sparen. Aber diese Gesellschaft ist es gewohnt zu spekulieren. Wenn Larsens Projekt sich als Fehlschlag erweisen sollte, schreiben sie das Projekt wenigstens steuerlich ab. Kann er aber mit handfesten Ergebnissen aufwarten, die sich vermarkten lassen, machen sie das große Geschäft.« Erik bog ab und fuhr durch die geöffneten Tore des Instituts.

»Aber ich begreife immer noch nicht, was sie sich von uns erhoffen ...« Greg gestikulierte so wild im Innern des Wagens, dass er die anderen Insassen streifte.

»Wie ich schon sagte, möglicherweise gar nichts. Vielleicht sind wir nur ein Ablenkungsmanöver für etwas, was dadrinnen vor sich geht.« Sie machte eine Kopfbewegung in Richtung des kleinen Gebäudes, das eine eiserne Absperrungskette vom Rest der Welt trennte und das bis auf ganz wenige Ausnahmen selbst für das Personal streng verbotenes Terrain war. »Hast du dich denn noch nie gefragt, was sie dadrinnen machen?«

»Mit Larsen als Chef würde es mich nicht wundern, wenn sie Schmetterlingen die Flügel ausrissen und ihre Schreie zählten.« Sein Grinsen sollte wohl die Worte mildern, mit denen er seine tiefe Abneigung gegenüber dem leitenden Wissenschaftler zum Ausdruck brachte, aber Mikki ignorierte es.

»Du kannst ihn nicht ausstehen, nicht wahr?«

»Ihn nicht und auch seinen siamesischen Zwilling nicht ... Hast du sie schon einmal beobachtet? Larsen juckt es und MacIntyre ist derjenige, der sich kratzt.«

Jetzt musste Mikki doch lächeln. »Aber sie streiten ständig. Sie sind wie Bert und Ernie.«

»Oder wie Hitler und Göring ...« Gregs Ton war ernst.

»Ach komm. So schlimm sind sie auch wieder nicht.«

»Vielleicht nicht. Aber sie sind kaltschnäuzig. Und besessen. Ich traue ihnen alles zu ... selbstverständlich nur im Dienste der Wissenschaft.«

»Zum Beispiel Schmetterlingen die Flügel auszureißen?« Sie drückte leicht seine Hand und ihre Blicke trafen sich.

Trotz seines Lächelns klang Gregs Stimme kalt.

»Bildlich gesprochen ...«

*Draußen fuhr der Bus vorbei und bog langsam in den Kies-
weg ein, der zum Hauptgebäude führte.*

*Myriam nahm regungslos ein halbes Dutzend Gedanken-
ströme der Vorbeifahrenden in sich auf.*

»... Ist das die Welt, die wir erschaffen haben?«

*Der Junge, den sie Greg nannten, lauschte einem Lied aus
dem Radio ... nein, es kam von einer Kassette. Und er überlegte.*

»Bisher haben wir noch gar nichts erschaffen. Sie können uns
nicht verantwortlich machen für das Durcheinander auf der
Welt ...«

*Myriam war sich der laufenden Kamera bewusst, die jede ih-
rer Bewegungen aufnahm. Trotzdem wagte sie einen raschen
Blick in Richtung Zwillinge. Ian döste auf einem Knautsch-
sessel in der Ecke, seine Gedanken waren ein Kuddelmuddel
aus zusammenhanglosen Bildern seines Unterbewusstseins.
Und Rachael zeichnete. Schmetterlinge ...*

V
Susans Geschichte

Hätte Larsen etwas von meinen wahren Beweggründen ge-
ahnt, er hätte mich nicht auf hundert Meilen an die Farm
herangelassen. Dabei wusste ich anfangs nicht einmal selbst
genau, was ich dort eigentlich suchte. Als Richard bei dem Unfall starb, war ich gerade dabei,
meine Doktorarbeit abzuschließen. Verhaltenspsychologie.
Spezialgebiet: das hochbegabte Kind, speziell jenes, das unter seinem Leistungsniveau bleibt. Überaus faszinierend,
aber nicht sehr weltbewegend.
Nicht ich, sondern Richard war die Intelligenzbestie in unserer Familie gewesen: Auszeichnung für seine Forschungen in
der Endokrinologie, Forschungsstipendium mit dreiund-
zwanzig. Tot mit vierundzwanzig.
Als die Polizei in jener Nacht vor der Tür stand, weigerte sich
mein Verstand erst, ihren Worten Glauben zu schenken. Ich
hatte das Gefühl, als hätte sich in meinem Innersten ein Loch
aufgetan, so groß wie eine Faust. Als hätte mir jemand das
Herz aus dem Leibe gerissen. Irgendwann gingen die Polizis-
ten wieder. Zurück blieb eine unendliche Leere. Und das
qualvolle Gefühl des Verlusts. Als Dad starb, war ich zehn,
bei Mums Tod achtzehn Jahre alt. Richard war immer wie
ein Zwillingsbruder für mich gewesen. Er war ... Richard.

Und mit einem Mal war er weg. Nur ich war noch da. Eine ganze Weile hasste ich ihn dafür, dass er mich allein gelassen hatte. Ich wanderte durch das Haus, erwartete, dass er jeden Augenblick in der Tür auftauchte oder in seinem Auto die Auffahrt hochfuhr. Doch irgendwann kehrte ich in die Realität zurück. Das Leben ging weiter, ganz egal, was auch geschah.

Ich machte mich daran, seine Sachen durchzusehen. Das meiste davon sagte mir nichts. In seinem Leben hatte es nie viel Platz gegeben für etwas außerhalb seiner Forschungen. Seine Freundinnen blieben nie länger als ein paar Wochen, sie hielten der Konkurrenz mit seiner Arbeit nicht stand. Und seit er bei Larsen war, arbeitete er noch besessener als jemals zuvor. Er sprach kaum darüber – nicht, dass ich viel davon verstanden hätte –, aber ich begriff, dass es sich um etwas sehr Wichtiges handelte. Etwas Großes. Larsen war der Leiter des Projekts, aber Richard war seine rechte Hand, der verantwortliche Wissenschaftler (eine Rolle, die seitdem MacIntyre auszufüllen versucht).

Wie ich schon sagte, Richard verriet nie etwas über sein Projekt, aber in den letzten Wochen vor seinem Tod fühlte ich trotzdem, dass er nicht glücklich war. Manchmal war er nahe daran, sich mir zu offenbaren, entschied sich jedoch dagegen, so als müsse er sich zunächst selbst über Verschiedenes klar werden.

Einmal hörte ich, wie er telefonierte. Es war wohl Larsen, mit dem er sprach. Nie zuvor hatte ich Richard so aufgebracht erlebt.

»Zum Teufel noch mal, es sind Kinder und keine Versuchskaninchen. Sie können sie nicht einfach wegsperren wie ...«

Er brach ab und hörte, was sein Gesprächspartner sagte. Doch dann fiel er ihm ungeduldig ins Wort. »Das ist mir vollkommen egal. Die Sache ist außer Kontrolle geraten. Wir wissen ja noch nicht einmal, was die Ursache des Ganzen ist.

Ich bin allerdings absolut sicher, dass es kein Autismus ist. Und wenn meine Vermutungen stimmen, wird sich ein ganz bestimmter Pharmakonzern warm anziehen müssen ...«

Keine Versuchskaninchen ... Auf der Farm kamen mir diese Worte wieder ins Gedächtnis, sie verfolgten mich Tag für Tag. Vielleicht hatte Richard ja zu viel über Larsen gewusst! Immerhin kam ich nicht völlig unvorbereitet auf die Farm.

Einen Monat nach seinem Tod hatte ich Richards Hinterlassenschaften durchforstet, wobei »Hinterlassenschaften« das falsche Wort war, denn es handelte sich fast ausschließlich um Kopien seiner wissenschaftlichen Aufzeichnungen oder um Disketten mit Projektdaten. Eine Mappe fiel mir allerdings auf. Sie war rot und auf dem Deckel stand: *Nicht für L. bestimmt.* Es war mit dem schwarzen Textmarker geschrieben, mit dem Richard alle wichtigen Dinge zu kennzeichnen pflegte.

Ich öffnete die Mappe. Es lagen zwei Computerausdrucke darin. Und eine Diskette. Das erste Blatt enthielt eine Liste mit fünf Namen. Daneben gab es Spalten mit den Überschriften *Adresse, Geburtsdatum, Krankenhaus* und einigen verschlüsselten Bezeichnungen, deren Bedeutung Richard bekannt gewesen sein musste. Das Einzige, was mir ins Auge sprang, war die Tatsache, dass alle fünf genannten Kinder innerhalb eines Zeitraums von einigen Monaten auf die Welt gekommen waren, und zwar im selben Krankenhaus. Erst viel später, als ich bereits für Larsen arbeitete, begegneten mir diese Namen wieder. Es waren die Namen der Babys, die in dem abgeschlossenen Teil der Farm lebten: Myriam, die Matheson-Zwillinge Ian und Rachael sowie Pep und der kleine Ricardo.

Die Liste auf dem zweiten Blatt Papier war wesentlich länger: zwölf Namen, hinter jedem eine Reihe von Angaben – aber acht von ihnen waren mit Bleistift ausgestrichen und hatten ein Kreuz davor, während am rechten Rand in einer handschriftlich hinzugefügten Spalte mit der Überschrift *Todesursache* achtmal das Wort *unbekannt* stand. Die vier verbleibenden Namen waren mit hellem Textmarker gekennzeichnet.

Ich klappte den Aktenordner zu.

Nicht für L. bestimmt. »L.« ... Larsen. Es konnte sich nur um ihn handeln. Aus irgendeinem Grund hatte Richard sich entschlossen den geheimnisvollen Inhalt dieses Ordners vor seinem Chef zu verheimlichen. Ich fragte mich, warum.

Ich glaube, damals kam mir zum ersten Mal die Idee, für Larsen zu arbeiten. Vielleicht hoffte ich auf diese Weise, Richard ein bisschen näher zu sein. Besser gesagt: der Erinnerung an ihn. Aber vor allem war ich neugierig. Rich hatte diesem Mann nicht vertraut und ich wollte den Grund dafür herausfinden. Und ich wollte etwas über die Kinder auf der Liste in Erfahrung bringen und darüber, warum acht von ihnen gestorben waren – Todesursache unbekannt.

Tatsächlich kam ich hinter das Geheimnis. Und am Ende fand ich noch sehr viel mehr heraus ... über die Babys – und über mich selbst.

Larsen war sofort einverstanden, nicht zuletzt, weil ich ihm bei unserer Unterredung den Großteil von Richards Aufzeichnungen übergab. Die rote Mappe ließ ich natürlich zu Hause, ebenso Kopien sämtlicher Unterlagen. Ich stellte mir vor, dass Rich es so gewollt hätte.

Man konnte Larsen die Erleichterung förmlich ansehen. Zwar hatte er das meiste davon auf seinem Computer gespeichert, aber die Forschungsergebnisse, mit denen sich Richard kurz vor seinem Tod beschäftigt hatte, waren beim Unfall verbrannt. Auf die Idee, dass Kopien existieren könnten, schien er nicht zu kommen. Dies und die Möglichkeit, mich auf Dauer als Psychologin am Institut anzustellen und mich dort auch wohnen zu lassen, sowie die Tatsache, dass ich Richards Schwester war, trugen dazu bei, dass ich den Job auf der Farm so gut wie in der Tasche hatte.

Farm, so nannten die Kinder das Institut. Da ich mich ihnen nach kürzester Zeit sehr viel näher fühlte als den meisten anderen Mitgliedern des Personals, sah ich viele Dinge von ihrem Standpunkt aus.

Als ich Ende 89 auf die Farm kam, wurde dort an zwei verschiedenen Projekten gearbeitet. Es war ein typisch australischer Dezember. Eine grässlich heiße Woche, nicht die kleinste Brise wehte vom Meer her um die stickig-feuchte Luft erträglicher zu machen. Ich war den ganzen Weg von Sydney heraufgekommen, dreieinhalb Stunden in einem Auto mit defekter Klimaanlage und einem Fenster auf der Fahrerseite, das sich nicht öffnen ließ. In Schweiß gebadet und mich nach nichts anderem als einer Dusche sehnend wurde ich in Larsens Abwesenheit von dessen Stellvertreter MacIntyre empfangen und sofort auf einen Rundgang durch das Institut geschleppt. Das war bezeichnend für die völlige Hingabe, die Larsen von seinen Leuten erwartete. Das Gleiche hatte ich bei meinem Bruder erlebt, obwohl ein Großteil seiner Arbeit in Sydney stattfand. Hier auf der Farm war alles noch viel ausgeprägter.

Man musste es Larsen lassen, dass er von dem, was er tat, überzeugt zu sein schien. Zumindest am Anfang. Das rechtfertigt sein Vorgehen zwar nicht, aber es erklärt eine Menge. Und die meisten seiner Mitarbeiter hatten keine Ahnung von der Tragweite ihrer Tätigkeit. Larsen leitete die Forschungen nach dem Motto: Was ich nicht weiß, macht mich nicht heiß. Keiner seiner Mitarbeiter wusste alles, niemand erhielt die vollständigen Informationen um daraus die richtigen Schlüsse ziehen zu können – und es brauchte schon eine starke Persönlichkeit, um das bei einer Gruppe von erstklassigen und naturgemäß wissbegierigen Forschern durchzusetzen. Aber egal, was man von Larsen hielt, eine starke Persönlichkeit war er ganz gewiss.

Richard zu täuschen war ihm allerdings nicht gelungen. Und auch ich würde mich nicht von ihm einwickeln lassen. Ich war entschlossen Augen und Ohren offen zu halten. Dennoch, ohne die Hilfe dieser großartigen Kinder wäre mir vieles verborgen geblieben. Denn zum einen hatte ich Larsens Intelligenz unterschätzt – ebenso wie die MacIntyres – und zum anderen erwiesen sich die Babys als eine solche Überraschung, wie ich sie mir nie hätte träumen lassen. Und auch sonst niemand.

Allerdings lernte ich die Babys nicht sofort kennen. Die ersten Kinder, die ich traf, gehörten zum Projekt »Fortgeschrittenes Lernen bei Jugendlichen« oder – wie die Kinder selbst es nannten – dem »Unternehmen Denkfabrik«. Vier Mädchen und drei Jungen, alle mit einem IQ von 150 und mehr, aber ansonsten so unterschiedlich, wie man sie sich nur vorstellen konnte. Greg beschrieb sie einmal als »so verschieden wie Kalziumkarbonat und Camembert«.

Das war typisch für Greg. Er liebte solche Wortspielereien beinahe ebenso sehr wie Denksportaufgaben. Egal, ob er völlig ungerührt Äpfel mit Birnen verglich oder einfach nur hallo sagte, alles entwickelte sich bei ihm zu einem verbalen Schlagabtausch. Mikki – ihr richtiger Name war Michele, aber niemand außer Greg nannte sie jemals so und vermutlich hätte sie auch gar nicht darauf reagiert – war, Larsen eingeschlossen, die Einzige, die Greg auf Dauer Paroli bieten konnte. Wobei ihr allerdings bestimmte biologische Voraussetzungen zum Vorteil gereichten. Hormone können eine machtvolle Waffe sein.

Vom ersten Moment an liebte ich diese Kinder. Sie waren hochbegabt, intelligent, kreativ, aber manchmal auch erstaunlich naiv. Und sie besaßen dieses äußerst ausgeprägte Gruppengefühl.

Kaum angekommen, wurde ich schon einer Prüfung unterzogen, die nicht sonderlich subtil war. Greg und Mikki zogen sofort ihre Masche ab: knifflige Fragen um herauszufinden, was ich wusste, und kleine, vorher abgesprochene Aktionen um zu prüfen, wie autoritär ich reagierte. Greg versuchte sich sogar mit seiner Spezialnummer – sein starrer Blick, während er sich schwer auf seine Krücken stützte – um meine Reaktion zu testen. Doch ich blickte ungeniert auf seine Beine und sah ihn dann direkt an.

»Und wie ist das mit deinen Beinen passiert, Greg?«, fragte ich mit einem, wie ich hoffte, freundlichen Lächeln. Für einen kurzen Moment zögerte er. Dann erwiderte er das Lächeln. »Das müssen Sie Gott fragen. Ich kam bereits so auf die Welt.« Dann, nach einem kurzen Zögern: »Wie wär's mit einer Cola?« Das war's. Ende der Prüfung.

Ich hatte den Test wohl bestanden, denn die Stimmung wurde freundlicher und auch die anderen Jugendlichen hießen mich willkommen. Auch das war typisch für die Denkfabrik. Greg und Mikki waren die geborenen Anführer. Niemand hatte sie jemals gewählt, sie wurden einfach von selbst akzeptiert. So als wüssten sie instinktiv, was gut für die Gruppe war und was nicht. Wie ein älterer Bruder und eine ältere Schwester passten sie auf die anderen auf, mit einer Mischung aus liebevoller Fürsorge und geschwisterlicher Schikane.

Dabei waren sie nicht viel älter als der Rest der Gruppe. Sie schienen nur irgendwie mehr zu verstehen und das wurde von allen respektiert. Außerdem waren Greg und Mikki ein echtes Team. So wenig sie auf den ersten Blick zusammenpassten, ergänzten sie sich doch auf eine Weise, wie sie mir bis dahin nicht begegnet war.

Mikki war wunderschön. Nicht von dieser jugendlich hübschen Art, die nach einigen Jahren verblasst und an die nur noch ein Highschool-Foto erinnert. Nein, Mikki war eine echte Schönheit: zierlich und dunkelhaarig, mit hohen Wangenknochen und riesigen samtbraunen Augen, die vor Intelligenz sprühten, und einem Selbstbewusstsein, das sie viel älter als ihre fünfzehn Jahre wirken ließ. Sie ging nicht einfach, sondern bewegte sich mit einer natürlichen Eleganz und der Anmut einer Tänzerin.

Sie war so ganz anders als Greg. Er war größer als sie, wirkte jedoch nicht so, wenn er sich mit nach vorne gebeugtem Oberkörper auf seine beiden Krücken stützte. Die Beweglichkeit seiner Beine betrug nicht einmal zehn Prozent – ein neurologischer Defekt, den er von Geburt an mitbekommen hatte –, aber sobald man ihn näher kannte, kam es einem gar nicht mehr wie eine Behinderung vor. Sie setzte ihm vielleicht physisch Grenzen, doch es gab nichts, was seinen messerscharfen, blitzschnellen Verstand bremsen konnte. Er war praktisch an allem interessiert. Von Gretels abstrakten mathematischen Höhenflügen einmal abgesehen, vermochte er jedem zu folgen, las beinahe hundert Seiten in einer Stunde um sie danach detailgenau wiederzugeben und besaß ein geradezu phänomenales Allgemeinwissen.

Zu den verwirrendsten Erlebnissen während meiner Zeit in der Denkfabrik gehörte es, mit Mikki und Greg Trivial Pursuit zu spielen. Das Spiel war nach weniger als einer Viertelstunde vorüber und in dieser Zeit wusste ich allerhöchstens dreimal die richtige Antwort schneller als einer der beiden. Bis zu diesem Zeitpunkt hatte es zu meinen Lieblingsspielen gehört.

Jedes der Kinder besaß ganz besondere Fähigkeiten und ich hatte sie alle schrecklich gern, aber Mikki und Greg waren meine Lieblinge.

Ich war ungefähr zwei Monate dort, bis ich zum ersten Mal den zweiten Gebäudekomplex betreten durfte und etwas über das andere Projekt erfuhr, dem Larsens Interesse in Wirklichkeit galt. Es war Ende Februar 1990, als ich zum ersten Mal den Babys begegnete ...

VI
Hinter dem Glas

24. Februar 1990

»Die beiden anderen sind vor ungefähr zehn Tagen hier ein-
getroffen ...« MacIntyre schob eine Plastikkarte in das
elektronische Schloss. Er gab einen Code ein und mit einem
Klicken öffnete sich die Tür. Während er die Karte in seiner
Brieftasche verstaute, führte er Susan in den Raum hinein.
Das Allerheiligste, dachte Susan. Ich hab's geschafft.
MacIntyre fuhr mit seinen Erklärungen fort. »Jetzt sind es
insgesamt fünf.« Er hielt inne, suchte nach Worten. »Sie alle
wirken zwar autistisch, aber wir haben Verhaltensweisen an
ihnen festgestellt, die dieser These widersprechen. Wir müs-
sen herausfinden, was in ihren Köpfen vorgeht. Das wird
Ihre Aufgabe sein. Sie erhalten Zugang zu sämtlichen Daten, die wir aus unseren Beobachtungen gewinnen konnten,
und natürlich zu den Forschungsergebnissen Ihres Bruders.
Die meiste Zeit jedoch werden Sie hier zusammen mit den
Babys verbringen. Wir brauchen die Einschätzung eines Ex-
perten ... und der sind Sie.« Wieder schien er sich seine
Worte genau zu überlegen. »Wir sind der Meinung, dass die
Babys hochintelligent sind. Da uns jedoch die Möglichkeit
fehlt, mit ihnen zu kommunizieren, können wir das nur vermuten.«

Sie gingen einen schmalen, hohen Gang entlang bis zu einer der vielen gleich aussehenden Holztüren. MacIntyre drehte den Türknauf und führte Susan in einen kleinen Beobachtungsraum. Vier gepolsterte Bürostühle und ein leerer Schreibtisch standen vor einer Glasscheibe, die die ganze Länge der Wand einnahm und den Blick in ein geräumiges, spärlich eingerichtetes Zimmer freigab. Links von dem Fenster war eine Vorrichtung, auf der ein großes Videogerät angebracht war, und an der Rückseite des Raums standen drei Fernsehbildschirme.

»Das Fenster ist verspiegelt.« In bester Fremdenführermanie erläuterte MacIntyre die Feinheiten der Einrichtung. »Wir können also die Babys beobachten – und sie aufnehmen«, er nickte in Richtung des Videogeräts, »ohne dass sie es bemerken. In dem Raum sind zwei ferngesteuerte Kameras installiert, sodass wir jede Bewegung filmen können. Versteckt angebrachte Mikrofone übertragen jedes Geräusch und ergänzen die Videoaufnahmen. Wenn da drüben eine Mücke niest, hören wir es.« Ihm war sein fast kindlicher Stolz anzuhören.

»Was für eine Technik!« Susan bemühte sich beeindruckt zu klingen. »Aber ist dieser Aufwand denn wirklich nötig? Es handelt sich doch nur um fünf kleine Kinder und nicht um russische Top-Agenten.«

MacIntyre wandte sich ihr zu und in seinem Blick lag ein seltsamer Ausdruck. »Das sind nicht nur fünf kleine Kinder, Susan.« Die Art, wie er ihren Namen aussprach, jagte ihr einen Schauer über den Rücken. »Wir nennen sie nur deshalb Babys, weil sie so viel jünger aussehen, als sie sind. Aber in Wirklichkeit sind es keine Babys. Ebenso wenig, wie sie autistisch sind. Davon sind wir jedenfalls überzeugt.« Für einen Augenblick schwieg er, so als habe er bereits zu viel verraten. »Aber ziehen Sie Ihre eigenen Schlussfolgerungen. Dafür sind Sie schließlich hier. Die Kameras ermöglichen es uns, jede ihrer Bewegungen zu registrieren. Wir halten das für wichtig.« Er klang beinahe gekränkt und Susan machte sich im Geiste eine Notiz, möglichst jede Kritik zu vermeiden – zumindest für eine Weile. Es gab noch so vieles, was sie lernen musste.

Sie schwiegen beide, als sich die Tür auf der anderen Seite der Glasscheibe öffnete und Erik zwei der Babys hereinbrachte, einen Jungen und ein Mädchen, und sie zu dem langen Tisch in der Mitte führte. Einen Augenblick später erschien ein weiteres Mädchen, betrat langsam den Raum und ließ sich am anderen Ende des Tisches nieder. Dann blickte sie zu dem Fenster hin. Und obwohl Susan wusste, dass in dem anderen Raum das Fenster wie ein langer, die ganze Wand ausfüllender Spiegel aussah und dass sie und MacIntyre von dort aus nicht zu erkennen waren, befiel sie für einen kurzen Moment ein unangenehmes Gefühl. Sie hätte beinahe schwören können, dass das kleine Mädchen sie direkt ansah. Dann erschien Erik mit zwei weiteren Kindern und das Mädchen wandte sich ab. Dennoch fühlte Susan die Kraft dieses Blickes, so als habe er sie mitten ins Herz getroffen.

2. März 1999, 2 Uhr morgens

Gerade mal eine Woche hatte es gedauert und sie hatten sie völlig in ihren Bann gezogen.

Draußen war der Mond bereits verschwunden, aber die Sterne strahlten hell am Himmel. Keine Wolken waren zu sehen und so weit entfernt von der Stadt gab es auch keinen Dunst, der die funkelnden Sterne eingehüllt hätte. Meist trieb der Smogdunst, der südlich von Sydney oder den Industriezentren in Illawarra aufstieg, landeinwärts oder wurde von den heftigen Küstenwinden aus dem südlichen Ozean die Küstenlinie entlang in Richtung Bass Strait oder Tasmanien gejagt.

Susan starrte durch das Fenster hinaus auf die unzähligen glitzernden Punkte am Himmel, doch sie registrierte deren ferne Schönheit nur am Rande, denn ihr ganzes Denken war auf die Babys konzentriert. Die Unerreichbarkeit der Sterne erinnerte sie auf irritierende Weise an die fünf kleinen Kinder, wie sie so vollkommen passiv und isoliert in ihrem Beobachtungszimmer saßen. Unerreichbar. Unergründlich. Manchmal beschlich Susan das gespenstische Gefühl, dass die Babys sehr wohl durch das Fenster hindurchsehen konnten. Dass sie direkt in ihre Seele blicken konnten und sie selbst es nur nicht bemerkte. Jedes dieser kleinen Gesichter war wie eine unüberwindliche Barriere, ein Spiegel, der ihr ihr eigenes Versagen vorhielt. Ihre eigene Enttäuschung.

Und dennoch – und das war das Erstaunlichste daran – liebte sie die Babys so sehr, dass es schwer fiel, ja geradezu unmöglich war, die nötige professionelle Distanz zu wahren. Sie waren so verletzlich und schutzbedürftig. Und von Gefahr bedroht ...

Woher kamen diese Gefühle? Doch wohl kaum von den Babys selbst. Sie blieben immer hinter ihrer unsichtbaren Wand verborgen, regungslos und unbeeindruckt von der unaufhörlichen Überwachung und der wachsenden Datenflut. Und von Larsens Besessenheit. Vielleicht war es etwas tief in ihr selbst. Eine Art berufsbedingter blinder Fleck. Etwas, das auf die Babys reagierte, und zwar auf eine irrationale und instinktive Weise. Sie erinnerte sich an eine Bemerkung, die Erik einmal gemacht hatte ...

»Sie sind etwas ganz Besonderes. Ich kann es nicht erklären. Wenn ich mit einem von ihnen zusammen bin, erfüllt mich so ein warmes Gefühl. Ich schätze, man kann es sogar Liebe nennen. Aber wie kann es von ihnen kommen? Sie sitzen da, gefangen in ihrer eigenen kleinen Welt ... Für sie ist es, als ob ich überhaupt nicht anwesend wäre ... und doch, ich kann mir nicht helfen, aber ich möchte gern derjenige sein, der es schafft, zu ihnen durchzudringen. Sie sind ... wichtig. Wenn ich das Gebäude verlasse, gehen sie mir nicht aus dem Kopf. Ich möchte sie beschützen ...«

Ich möchte sie beschützen.

Susan stand auf und schlüpfte in ihre Schuhe, die neben dem Bett standen.

Eriks Worte erschienen ihr wie das Echo ihrer eigenen Gefühle. Keiner der anderen im Team hatte etwas Vergleichbares geäußert, zumindest nicht laut, aber Susan hatte beim Betrachten der Videofilme hin und wieder die sprechenden Blicke des einen oder anderen bemerkt. Und der ansonsten so kaltschnäuzige Larsen hatte den Kindern den Kosenamen gegeben, den inzwischen alle benutzten: Babys. Hatten sie selbst bei ihm eine Saite zum Schwingen gebracht?

Sie trat an die Küchenzeile, schaltete den elektrischen Wasserkocher ein und warf einen Blick auf die Uhr an der Wand. Viertel nach zwei Uhr morgens. So konnte man sich auch die Nacht um die Ohren schlagen.

Als sie an ihrem Schreibtisch vorbeiging, nahm sie eine der Akten zur Hand. Sie war betitelt mit: *Ricardo Munoz (26/9/82)*. In der Akte lag ein Bündel von zirka fünfzig bis sechzig Seiten: Daten, die aus der Überwachung gewonnen worden waren und die sich meist wiederholten. Susan beschränkte ihre Aufmerksamkeit auf die ersten beiden Seiten, die Hintergrundinformationen lieferten und von denen sie inzwischen nicht mehr sagen konnte, wie oft sie sie gelesen hatte. Es war eine Zusammenfassung, die Richard kurz vor seinem Tod erstellt hatte.

Geboren: 26. September 1982 (Geburtsabteilung des Krankenhauses in Eastgarden)
Krankengeschichte: Komplettes Impfprogramm durchgeführt. Keine außergewöhnlichen Symptome vor 1985. Normale Kinderkrankheiten (Masern,

Windpocken). Altersgemäße physische, motorische,
soziale und sprachliche Entwicklung.
6. Mai 1985: Schwere Fieberkrämpfe – keine nach-
weisbare Ursache. Einweisung in das Westmead-
Krankenhaus. Fieber unter Kontrolle. Entlassung
8. Mai.
Mai bis August 1985: Verschiedene Anzeichen für
Autismus. Kaum Reaktionen auf physische Stimula-
tion (vergleiche beiliegenden Bericht des behan-
delnden Kinderarztes Dr. Lytton) ...

Und so ging es weiter. Egal, welche Akte man auch aus-
wählte, das Muster war immer gleich. Eine völlig normale
Kindheit und dann – ungefähr im dritten Lebensjahr – ein
lebensbedrohliches Fieber. Alle fünf Kinder hatten die
schwere Krankheit zwar überlebt, veränderten sich in der
Folge jedoch auf drastische Weise. Fortan waren sie wie ab-
getrennt – von ihren Familien, von der gesamten Umwelt.
Aus ihnen wurden die Babys.
Die Hinweise in den Akten ergaben, dass die Kinder sich nun
physisch sehr viel langsamer entwickelten als ihre Altersge-
nossen. Ihre Körpertemperatur war zwischen einem und drei
Grad niedriger als normal, sogar der Herzschlag war ver-
langsamt – so als sei ihr ganzer Stoffwechsel auf Sparflamme
geschaltet worden.
Nicht so ihr Verstand. Zwischen all den Daten und Aufzeichnungen befand sich auch die EEG-Auswertung des jeweiligen Patienten. Streifen von Endlospapier, mit einer
Reihe von Linien, aufgezeichnet von beweglichen Schreib-
köpfen, die die gemessenen Gehirnstromaktivitäten wieder-
gaben. Und hier zeigte sich die wirkliche Veränderung.
War die Verlangsamung der physischen Entwicklung der Babys bereits bemerkenswert genug, so erwiesen sich ihre Ge-
hirnaktivitäten als geradezu phänomenal. Der Ausschlag des

Messgeräts war enorm und ergab ein Muster, wie es Susan weder an der Universität noch in den Krankenhäusern jemals untergekommen war. Die Gehirne der Babys funktionierten nicht so wie die der anderen Menschen. Keine der üblichen Regeln schien auf sie anwendbar zu sein.

Was war die Ursache?

Ein blubberndes Geräusch lenkte Susans Aufmerksamkeit ab. Das Wasser kochte bereits seit einigen Minuten und aus dem Gerät entwich Dampf und Wasser, das auf die Laminatoberfläche der Anrichte spritzte und auf den Fußboden. Susan zog den Stecker heraus und das brodelnde Wasser kam zur Ruhe.

Während sie das Wasser mit einem Küchentuch aufwischte und sich eine große Tasse Kaffee machte, stellte sie sich immer wieder die gleiche Frage: Was war die Ursache?

Fünf Babys. Alle ungefähr zur gleichen Zeit auf die Welt gekommen, im gleichen Krankenhaus. Warum ...?

Sie stellte den Kaffeebecher auf dem Schreibtisch ab, neben dem Telefon. Da fiel es ihr wieder ein. Ein Anruf. Richard, verstört und wütend.

Sie konnte sich noch an den genauen Wortlaut erinnern: *»Ich bin allerdings absolut sicher, dass es sich nicht um Autismus handelt. Und wenn meine Vermutungen stimmen, wird sich ein ganz bestimmter Pharmakonzern warm anziehen müssen ...«*

Er hatte mit Larsen gesprochen. Und er war wütend auf ihn gewesen.

Nicht für L. bestimmt.

Möglicherweise lag der Schlüssel zu allem ja in der roten Mappe. Vielleicht war es etwas, das Richard vor Larsen geheim halten wollte. Etwas ... ganz Entscheidendes.

Susan nippte an ihrem Kaffee und starrte in die heraufziehende Dämmerung hinaus und auf die verblassenden Punkte am Himmel. Und traf eine Entscheidung.

Gleich früh am Morgen fuhr sie los und murmelte etwas zu Larsen über »einige Ergebnisse abklären«. Selbst für ihre eigenen Ohren klang die Ausrede etwas lahm, aber Larsen stellte keine Fragen. Das tat er nie. Es gehörte zu seinem Stil, »seine Leute« möglichst frei walten zu lassen. Auf diese Weise holte er das Beste aus ihnen heraus.

Es war elf Uhr, als sie in Sydney ankam. Mit einer Dose Diätcola in der Hand setzte sie sich an ihren Schreibtisch und schlug den roten Ordner vor sich auf. Die einzelnen Spalten der Übersicht enthielten kurze Zusammenfassungen der wichtigsten Untersuchungsergebnisse ihres Bruders. Sie erinnerte sich noch gut daran, wie aufgeregt er geklungen hatte, als er ihr zum ersten Mal von seiner »Entdeckung« berichtet hatte.

»Es ist etwas vollkommen Neues, Susan. Auf der ganzen Welt gibt es nichts Vergleichbares. Deshalb muss es sich auch um etwas lokal Begrenztes handeln. Aber um was?«

Mehr hatte er nicht gesagt. Das war typisch für ihn gewesen. Manchmal war es ihr so vorgekommen, als hätte er bei der Hälfte von dem, was er zu ihr sagte, einfach nur laut gedacht. Seine Gedanken neu geordnet. Ideen laut ausgesprochen um zu sehen, wie sie wirkten.

Sie sah zu dem Bild, das in dem Regal über dem Schreibtisch stand, und tadelte ihren Bruder leise.

»Wenn du damals etwas mehr herausgelassen hättest, dann wüsste ich vielleicht, wonach zum Teufel noch mal ich eigentlich suche. Was war es nur, das Larsen nicht erfahren durfte?«

Etwas *lokal Begrenztes*. Etwas, das allen Kindern gemeinsam war. Das Fieber.

In allen Akten war zu lesen, dass die Krankengeschichte mit einem gefährlichen Fieber und Krampfanfällen begann. Fieberkrämpfe. Eine Art überhitzungsbedingter Kurzschluss. Und in allen Fällen fehlte eine offensichtliche Ursache. Es

48

handelte sich weder um ein Virus noch um eine Allergie oder sonst irgendetwas, das dazu hätte führen können, dass ein normales, gesundes Kind ganz plötzlich zu glühen anfing und mit dem Tode rang. Sie überflog das zweite Blatt Papier mit den acht Namen, die mit Bleistift durchgestrichen waren. Acht von ihnen starben.

Sie dachte an die fünf Babys, die ihr inzwischen so viel bedeuteten, und zum ersten Mal traf sie die Bemerkung ihres Bruders wie ein Schlag.

Todesursache unbekannt. Was immer es auch gewesen war, das die Babys in das verwandelt hatte, was sie jetzt waren, es barg in sich die Macht zu töten. Sie starrte auf ihren Schreibtisch, bis die Papiere vor ihren Augen verschwammen. Dann sah sie wieder hoch zu dem Bild ihres Bruders.

Und plötzlich fiel der Groschen. *Lokal begrenzt.* Richard hatte behauptet, dass es sich um etwas lokal Begrenztes handelte. Eine giftige Chemikalie beispielsweise. Umweltverschmutzung. Aber die Babys waren alle in verschiedenen Stadtteilen zu Hause. Ihre einzige Gemeinsamkeit lag nicht darin, woher sie kamen, was sie gegessen oder eingeatmet hatten, sondern wo sie auf die Welt gekommen waren. Eastgarden, eine kleine Privatklinik, die auf vor- und nachgeburtliche Versorgung spezialisiert war.

Susan überprüfte die Unterlagen. Alle Kinder waren dort zur Welt gekommen. Und immer hatte die Mutter im Anfangsstadium ihrer Schwangerschaft eine Zeit lang im Krankenhaus verbracht.

Sie war auf der richtigen Spur.

»Komm schon, Richard, gib mir einen Tipp.« Sie warf die leere Coladose in den Papierkorb und nahm sich die Akten noch einmal vor. Draußen fing es an zu nieseln, aber sie bemerkte es nicht.

VII

Gregs Geschichte

Mikki hatte es nie zuvor ausgesprochen. Mag sein, dass ich selbst darauf hätte kommen können, aber es hätte ebenso gut bloßes Wunschdenken sein können. Schließlich hatte sich nie zuvor jemand – genauer gesagt: ein Mädchen – für mich interessiert. Zumindest nicht auf diese Weise. Daher hätte ich mir solche Gedanken nie zugestanden.

Ich war dreizehn, als ich mich in Tammy McKenzie verliebte. Sie war genauso alt wie ich. Blond, blauäugig, sanft – eben der Stoff, aus dem hormonell bedingte Träume gemacht sind.

Das Problem war nur, dass ich den Fehler machte und es ihr sagte.

Es war nicht ihre Schuld. Sie war wirklich ein sehr nettes Mädchen. Süß. Unfähig auch nur einer Fliege etwas zu Leide zu tun.

Sie wusste nicht, was sie darauf antworten sollte. Noch bevor sie anfing etwas zu stammeln, wusste ich Bescheid. Ich hatte die Antwort in ihren Augen gesehen. Diese Mischung aus Furcht, Mitleid und Widerwillen.

Wie ich schon sagte, sie war ein nettes Mädchen und wäre nie auf den Gedanken gekommen, mich zu verletzen. Abgesehen davon hatte sie mich, glaube ich, tatsächlich gern. Aber dieser Blick sprach Bände. Damit sie gar nicht erst nach Worten suchen musste, um mich auf möglichst schonende Weise abzuweisen, wandte ich mich rasch ab und humpelte davon. Es war eins der wenigen Male, bei denen ich meine nutzlosen Beine hasste.

Aber ich kam darüber hinweg. Mehr oder weniger.

Trotzdem traf mich Mikkis Eröffnung völlig unvorbereitet, denn nach der Sache mit Tammy hatte ich mir einen harten Panzer zugelegt, hinter dem ich solche Gefühle verbarg.

Wir saßen beide allein am Strand. Erik hatte uns auf dem Weg in die Stadt dort abgesetzt und wir hatten eine Stunde für uns. Eigentlich hätte er das nicht tun dürfen, aber er machte so vieles für uns, Kleinigkeiten, die Larsen kaum gebilligt hätte. Erik war ein cooler Typ. Er vertraute uns. Er verstand uns. Ich denke, er konnte sich noch daran erinnern, wie es ist, jung zu sein. Für die anderen waren wir weiße Labormäuse, die in ihren Laufrädern rannten, die den Gängen ihrer Labyrinthe folgten oder einer Laune folgend sinnlose Partytricks abspulten. Vermutlich kommt sich jeder Jugendliche hin und wieder so vor, aber bei uns war es einfach viel intensiver. Erik jedenfalls unternahm alles, um die Zügel etwas zu lockern. Und so kam es, dass Mikki und ich uns allein am Strand wieder fanden. Es war zu kalt, um schwimmen zu gehen. Nicht, dass ich scharf auf eine Trainingsrunde für den Ironman gewesen wäre. Außerdem wehte ein Wind, so kalt wie im Winter, und wir saßen auf der Windseite der felsigen Küste im südlichen Teil des Strandes.

Wir sprachen über alles und nichts. Plötzlich kam sie ein bisschen näher an mich heran, legte ihren Arm um mich und fragte beiläufig: »Liebst du mich eigentlich?«

Sie hätte ebenso gut fragen können, ob es wohl bald regnen würde.

»Was?«, fragte ich. Zugegeben, es war nicht gerade meine glanzvollste sprachliche Leistung, aber wie ich schon sagte, es traf mich unvorbereitet.

Sie lächelte. »Na ja, ich bin mir ziemlich sicher, dass ich dich liebe. Manchmal bin ich sogar felsenfest davon überzeugt. Ich wüsste nur gerne, ob ich meine Zeit vergeude oder nicht.« Mit ihrer freien Hand kratzte sie sich an der Nase. »Also?« Ich erwiderte ihr Lächeln. »Natürlich liebe ich dich. Und zwar, seitdem ich dich zum ersten Mal sah. Hast du das etwa nicht gewusst?«

»Du könntest es wenigstens hin und wieder auch mal zeigen. Beispielsweise, indem du mich küsst. Für das Selbstwertgefühl eines Mädchens ist es nicht besonders gut, mit einem Jungen an einem einsamen Strand zu sitzen, der nicht einmal den leisesten Versuch macht, die Situation auszunutzen. Und keine Angst. Falls du zu weit gehen solltest, kann ich dir ja immer noch weglaufen.«

Also küsste ich sie.

Ich habe gar nichts gegen Boulevardblattromanzen oder diese künstlichen Highschool-Serien. Aber in einem irren sie. Die Erde tut sich beim ersten Kuss nicht unbedingt unter einem auf und man wird auch nicht von unkontrollierbaren Wellen der Leidenschaft übermannt. Man ist nämlich viel zu beschäftigt damit, alles richtig zu machen.

Wir waren jedenfalls beide unerfahren und unsicher. Mag sein, dass uns ein unparteiischer Richter auf einer Skala für gelungene Küsse bestenfalls eine Zwei oder Drei für Technik, Stil und Ausdauer gegeben hätte. Aber auf der Skala der Höhepunkte meines bisherigen Lebens rangierte dieser Kuss ganz oben. Zum Teufel also mit Boulevardblattromanzen und Highschool-Serien.

Außerdem sind wir seither eindeutig besser geworden.

Rückblickend würde ich sagen, dass man diesen Tag, wie meine Großmutter immer sagte, »im Kalender rot anstreichen musste« – und zwar in mehr als einer Beziehung, weil in den darauf folgenden Monaten die Ereignisse wie eine Schneelawine auf uns zurollten. Ich war froh, dass wir die

Gelegenheit hatten, über »uns« zu reden, bevor die Probleme der Babys uns so in Anspruch nahmen. Probleme, die bereits auf uns warteten, als wir an diesem Nachmittag auf die Farm zurückkehrten ...

Erik setzte uns gleich hinter dem Eingangstor ab und fuhr den Kleinbus in die Garage, während wir in Richtung Hauptgebäude gingen. Wir waren ungefähr auf halber Höhe, als Katie herausgerannt kam und auf uns zustürzte. Sie musste nach uns Ausschau gehalten haben.

»Es ist so weit!«, rief sie, von der kurzen Strecke bereits außer Atem. Für eine Zehnjährige hatte sie nicht gerade eine gute Kondition. Außerdem war sie sehr aufgeregt.

»Was ist los, Kate?«, fragte Mikki, ganz die große Schwester. Ich sah, wie sie dem jüngeren Mädchen automatisch übers Haar strich um es zu beruhigen. Und tatsächlich entspannte Katie sich ein wenig.

»Wir müssen miteinander reden«, sagte sie, aber in ihrer Stimme schwang ein verzweifelter Unterton mit.

Mikki nickte nur. »Über Myriam?«

»Myriam?«, wiederholte ich fragend, aber Katie fiel mir sofort ins Wort, so als ob ich gar nicht anwesend wäre.

»Und die anderen. Myriam sagt, es ist so weit.«

Ich war verwirrt – was für mich nicht ungewöhnlich ist, sobald ich es mit Mädchen zu tun habe. Und wenn ich verwirrt bin, dann stelle ich Fragen.

»Was ist so weit? Und welche anderen? Wovon zum Teufel sprecht ihr beide ...«

Aber Mikki presste einen Finger auf ihre Lippen. »Jetzt nicht.« Sie legte ihre Arme um mich und Katie. »Lasst uns reingehen, bevor wir uns hier noch zu Tode frieren.«

Was soll ich sagen? Während wir langsam auf das Haupthaus zugingen, drückte Mikki meine Schulter. Ich sah sie an, aber sie starrte nur geradeaus und machte ein nachdenkliches Gesicht.

Habe ich übrigens schon erwähnt, was für ein wunderschönes Profil sie hat?

Mikki schloss die Tür. Katie durchquerte das Zimmer und setzte sich auf das Bett. Ich sank in Mikkis Lieblingsschaukelstuhl (der früher einmal der Lieblingsschaukelstuhl ihrer Mutter gewesen war und den sie sich unter den Nagel gerissen hatte) und ließ meine Krücken einfach zu Boden fallen. Für einen Augenblick herrschte Stille. Ich wurde ungeduldig. »Also? Ist vielleicht jemand so freundlich mich einzuweihen? Wer ist Myriam und wer sind ›die anderen‹?« Vermutlich ist es eine persönliche Schwäche von mir, aber ich hasse Geheimnisse – die der anderen natürlich.

Mikki lächelte nur. »Willst du es ihm erzählen, Katie, oder soll ich es tun?«

»Mach du es.« Das arme Kind sah immer noch völlig fertig aus und hatte wohl einen Augenblick Ruhe nötig um sich zu fangen. Mikki durchquerte den Raum und sah zum Fenster hinaus auf die Nebengebäude. Ihre Stimme war nicht mehr als ein Flüstern.

»Myriam und die anderen«, wandte sie sich an mich und ein besorgter Ausdruck huschte über ihr Gesicht, »sind deine Schmetterlinge. Und aus Katies Reaktion zu schließen ist Larsen dabei, die Stärke ihrer Flügel zu testen ...«

VIII

Durchbruch

2. Mai 1990
Larsen knipste die Schautafel an und griff nach den ersten beiden Aufnahmen. Die Leuchtröhren flimmerten und das Licht ließ seine ohnehin schon blasse Erscheinung noch fahler erscheinen. Er klemmte die beiden Bilder fest und starrte sie ungläubig an.

»Warum zum Teufel sind wir nicht schon früher darauf gekommen?« Er war allein im Raum, doch er sprach den Gedanken laut aus. Direkt vor ihm hing der Beweis, nach dem sie so lange gesucht hatten. Der Beweis, der zeigte, dass etwas grundsätzlich anders war ... dass die Babys anders waren.

Ein Computertomogramm. Vom Computer erzeugte Bilder des menschlichen Gehirns, die das zeigten, was sich im Inneren des Schädels verbarg. Es war so offensichtlich. Und jetzt, da sie den Beweis endlich vorliegen hatten, erfüllte es Larsen mit Zorn. Er war wütend auf sich selbst. Auf MacIntyre. Beinahe ein Jahr lang waren sie damit beschäftigt gewesen zu beobachten, Verhaltensweisen zu analysieren, Bluttests durchzuführen, wo doch die Antwort auf ihre Fragen – oder zumindest ein Teil davon – die ganze Zeit direkt vor ihrer Nase war. Die Antwort lag in der Struktur der Gehirne.

Er war zwar kein Radiologe, aber er hatte genug CT-Aufnahmen gesehen um zu wissen, wie ein normales Gehirn aussah. Und man musste auch kein Spezialist sein um zu erkennen, dass bei diesen Aufnahmen etwas nicht stimmte. Plötzlich fiel es ihm wieder ein. Damals auf der Highschool. Miss Phipson hatte sie geheißen, die große, schlaksige Lehrerin, deren Laborkittel immer fleckig waren ... Sie hatte ein Modell des menschlichen Gehirns in die Höhe gehalten, das aussah wie ein großer Blumenkohl.

»Wie Sie sehen können«, hatte sie mit ihrer lauten, aber piepsigen Stimme erklärt, »besteht der obere Teil des Gehirns, das *Cerebrum* ...«, sie betonte das Wort, während sie es an die Tafel schrieb und eine effektvolle Pause machte, »besteht also dieses Cerebrum aus zwei unterschiedlichen Teilen, den so genannten *Hemisphären* ...« Wieder machte sie eine Pause, während die Schüler an den vorderen Pulten brav das Wort in ihre Hefte schrieben. »Die rechte und die linke Hirnhälfte sind für verschiedene Gehirnfunktionen zuständig. Den Spalt dazwischen nennt man *Fissur* ...«

Larsens Gedanken kehrten wieder in die Gegenwart zurück. Er starrte immer noch auf die grau-weißen Bilder vor ihm. Da war kein Spalt. Da waren keine voneinander getrennten Hirnhälften.

Er nahm zwei andere Aufnahmen zur Hand und klemmte sie an die Leuchttafel. Es war wie bei den vorherigen Bildern. Kein Spalt. Und die nächsten Aufnahmen ...

Ja. Es war immer das Gleiche. Da, wo normalerweise der Spalt verlief, war zusätzliche Hirnmasse, die die beiden Hälften miteinander verband. Das war es, was die Babys von anderen unterschied. Eine Art Mutation.

Ein Lächeln überzog sein Gesicht. Man würde die Entdeckung nach dem Entdecker benennen. Larsen-Syndrom. Es hörte sich sehr gut an.

Susan beobachtete die Babys. Sie konnte nicht genau sagen, woran es lag, aber etwas war anders. Irgendwie hatte sich die Atmosphäre auf der anderen Seite der Glasscheibe verändert. Die fünf Kinder saßen einfach nur am Tisch, völlig bewegungslos, ohne auch nur zu blinzeln. Ihre Augen waren starr geradeaus gerichtet, als ob sie etwas in weiter Ferne betrachteten, etwas, das außerhalb der Mauern dieses Gebäudes lag. Sie waren vollkommen still, wie üblich, aber auf jedem der kleinen Gesichter lag ein merkwürdig konzentrierter Gesichtsausdruck.

Plötzlich sah Myriam zur Glasscheibe hin und wieder einmal überkam Susan dieses beunruhigende Gefühl. Es war, als könne das Kind durch die Scheibe hindurchsehen. Als wäre Myriam die Beobachterin und nicht sie ...

Das Gefühl begann als ein warmes, innerliches Glühen, das sich langsam über den ganzen Körper ausbreitete, eine Empfindung des Glücks und des Wohlbefindens. Und der Liebe. Es war überwältigend. Mit geschlossenen Augen sank Susan in den Stuhl und ließ das Gefühl auf sich wirken.

Und dann kamen die Erinnerungen ...

Vier Jahre alt, unterwegs nach Taronga. Immer dem gelben Rock hinterhertapsen. Die Giraffen sind so riesig. »Mummy, sieh mal, ein Junges ...« *An dem gelben Rock ziehen, um Aufmerksamkeit heischend. Der Blick nach oben ... in das Gesicht einer Fremden. Der Augenblick des Entsetzens, der sich auflöst in einer Flut von Tränen. Das ziellose Herumrennen. Die sanfte Berührung fremder Hände, verwirrende Fragen von Erwachsenen. Der schrille Schrei eines Papageis. Und dann die warme, vertraute Stimme, die endlich wieder Sicherheit verspricht, die Berührung, der gewohnte, frische Geruch nach Seife. Angst, die sich zwischen gelben Rockfalten in nichts auflöst; Panik, die von Liebe fortgeschwemmt wird.*

Zehn Jahre alt. Das Haus, kalt und verlassen. Die Mutter sitzt da, mit starrem Blick, gelähmt, ungläubig. Sie hält sein

Bild an ihre Brust gepresst und flüstert seinen Namen wie ein
Gebet: »Dad ist von uns gegangen, Susan.«
Richard, der behutsam seinen Arm um sie legt, tröstend, den
qualvollen Schmerz des Verlusts mit ihr teilend ...
Achtzehn. Diesmal ist sie die Tröstende, die mit ihren Armen
die Trauer des Bruders umfängt. »Jetzt gibt es nur noch uns
beide, Rich. Dich und mich ...« *Der Hauch eines Lächelns,*
das den Schmerz verbergen soll ...
Erinnerungen an vergessene Gefühle; Emotionen so bedeut-
sam wie das Leben selbst.
Susan öffnete die Augen. Die anderen Babys starrten immer
noch vor sich hin, gefangen in ihrer eigenen Welt.
Aber Myriam ...
Verspiegeltes Glas oder nicht, Susan hätte schwören können,
dass ein leichtes Lächeln über Myriams Gesicht huschte.

»Telepathie?« Greg verlagerte sein Gewicht und der Schaukelstuhl schwang leicht vor und zurück.
»Oder etwas Ähnliches. Seit Wochen schon empfängt Katie
Botschaften. Manchmal bin ich selbst ganz nah dran.« Während sie sprach, rief sich Mikki die unklaren Bilder ins Gedächtnis und das Summen, das dann in ihrem Kopf dröhnte
und ihr den Schlaf raubte, weil es wie menschliche Stimmen
klang und sie das nagende Gefühl hatte, es erfassen, den Sinn
der Worte verstehen zu müssen.
»Warum hast du mir nichts davon erzählt?« In Gregs Stimme
klang eine Spur von Enttäuschung mit.
Mikki beugte sich vor und berührte seine Hand. »Ich konnte
nicht ...«
»Ich habe es versprochen«, warf Katie ein. »Myriam und den
anderen. Als sie zum ersten Mal ... Kontakt mit mir aufnahmen. Ich hätte es nicht einmal Mikki verraten dürfen, aber es
ist mir einfach so herausgerutscht. Es schien ihnen allerdings
nichts auszumachen. Sie wussten, dass sie ihr trauen konn-

ten. Aber ich musste ihnen versprechen es keinem anderen mehr zu erzählen. Nicht einmal dir.«

»Und was bringt dich dazu, es jetzt zu tun?«

»Larsen.« Als Katie weitersprach, klang sie bereits etwas zuversichtlicher. Ihr schien ein Stein vom Herzen gefallen zu sein, jetzt, da das Geheimnis gelüftet worden war. »Er steht kurz vor dem Durchbruch und sie fürchten sich vor dem, was das für sie bedeuten könnte. Ich glaube, sie sind bereit für unsere Hilfe.«

»Hilfe wozu? Du musst mir schon etwas mehr darüber erzählen. Zum Beispiel, *wer* genau sie sind und in welcher Gefahr sie schweben.«

»Gefahr will ich nicht unbedingt sagen. Noch nicht ... Es ist wohl eher so, dass wir ihnen helfen sollen auf alles vorbereitet zu sein.«

Einen Augenblick herrschte Stille, nur unterbrochen von dem Quietschen des Schaukelstuhls.

Dann fing Katie an zu erzählen.

IX

Mikkis Geschichte

Katie hatte Recht. Sie waren bereit. Die Frage war nur: Waren wir es auch?

Es war, als würde sich der Ablauf der Ereignisse immer mehr beschleunigen und wir würden in etwas hineingezogen, bevor wir auch nur Zeit hatten darüber nachzudenken. Nicht dass wir uns aus der Sache heraushalten wollten. Es war nur so, dass wir zu diesem Zeitpunkt nicht die leiseste Ahnung hatten, auf was wir uns einließen.

Ich versuchte in Gregs Miene zu lesen, aber er zeigte keinerlei Reaktion, während Katie ihm von ihren »Träumen« erzählte – dass nachts die Stimmen zu ihr gekommen waren und sie schon den Verstand zu verlieren glaubte. Warum sich Myriam ausgerechnet Katie ausgesucht hatte, war unklar. Sie war die Jüngste von uns und vielleicht war das der Grund. In ihrem Alter würde sie noch am ehesten das Unwahrscheinliche akzeptieren. Vielleicht war sie aber auch nur am empfänglichsten für die Botschaften.

»Können sie auf diese Weise mit allen Menschen in Kontakt treten oder funktioniert es nur bei dir?« Der Neid in Gregs Stimme war unüberhörbar.

»Bis jetzt nur bei mir.« Katie lächelte mir zu. »Mikki hat auch etwas aufgefangen ... also könnte es auch bei ihr klappen.

Um ehrlich zu sein, ich habe keine Ahnung. Ich weiß nur, dass sie Angst haben. Und dass sie zu der Überzeugung gelangt sind, uns vertrauen zu können.« Während ich ihr zuhörte, wurde mir klar, dass ich bisher nur eine Seite der Angelegenheit in Betracht gezogen hatte. Also gut, die Babys konnten Katie Gedanken, Bilder oder was auch immer übermitteln und möglicherweise gelänge es auch bei mir oder einigen der anderen. Das allein ging ja schon über unseren Verstand hinaus. Die Frage war aber auch: War das eine Einbahnstraße oder nicht?

... dass sie zu der Überzeugung gelangt sind, uns vertrauen zu können ...

Das waren Katies Worte gewesen. Wie kamen die Babys zu diesem Schluss? Hatten sie eine Möglichkeit herauszufinden, was wir dachten? Ich erinnerte mich, wie Katie im Schlaf vor sich hin gemurmelt hatte. Sie kannten offensichtlich ihre Gedanken. Warum nicht auch unsere? Ich sprach meine Vermutung laut aus.

»Immerhin verstehe ich jetzt, warum Larsen so interessiert an ihnen ist. Warum er sie hinter verschlossenen Türen hält. Wenn es ihm als Erstem gelingt, einen Beweis für ihre telepathischen Fähigkeiten zu erbringen ...«

»Larsen weiß nichts von der Gedankensprache. Aber er verfolgt eine heiße Spur. Darin besteht zum Teil das Problem.« Katie sprach mit einer Bestimmtheit, wie ich sie bei ihr noch nie erlebt hatte, und mich beschlich das merkwürdige Gefühl, dass nicht sie es war, die hier sprach.

Die ganze Zeit über hatte Greg sehr wenig zu unserem Gespräch beigesteuert. Jetzt brachte er einen Einwand vor. »Wenn Larsen tatsächlich keine Ahnung hat, wonach sucht er dann? Immerhin hat er eine Menge Schwierigkeiten und auch Kosten auf sich genommen um dieses Institut hier auf die Beine zu stellen. Dafür muss es einen guten Grund geben. Er mag ja vielleicht ein Blödmann sein, aber er ist nicht dumm.«

Katie gab nicht sofort Antwort und man konnte sehen, wie sie ihre Aufmerksamkeit nach innen richtete.

Dann ging sie durch das Zimmer zum Schreibtisch und schrieb etwas auf ein Blatt Papier. Während sie das tat, fühlte ich das jetzt schon vertraute Kribbeln in meinem Kopf.

»Das ist der Grund«, sagte sie und reichte Greg das Blatt Papier. Er warf einen Blick darauf, runzelte die Stirn und gab es dann an mich weiter.

Quer über das Papier gekritzelt standen da eine Reihe unverständlicher mathematischer Symbole. Ich konnte nicht anders, ich musste die Frage stellen. »Was ist das?«

»Sieht aus wie ein mathematischer Beweis. Vielleicht kann Gretel damit was anfangen.«

»Aber was bedeutet es?« Ich richtete meine Frage an Katie, doch es war Greg, der antwortete.

»Ich denke, ich weiß es«, sagte er langsam.

»Ja und weiter?«, fragte ich ungeduldig.

»Es bedeutet, dass sie aus dem gleichen Grund hier sind wie wir.«

Das war alles, was er sagte. Ich liebe ihn sehr, aber er kann manchmal wirklich nervtötend sein.

Hast du jemals den Film *Rainman* gesehen? Gretel hat ihn sich achtmal angesehen, allerdings hauptsächlich um Tom Cruise anzuschmachten. Dabei ist eigentlich Dustin Hoffman der Star des Films. Oder besser gesagt die Figur, die er verkörpert: Raymond.

Dieser Raymond ist ein so genannter »autistischer Weiser«. Greg behauptet, man habe in früheren Zeiten dazu »weiser Tor« gesagt. Dabei handelt es sich um Menschen, die sich in der Gesellschaft nicht zurechtfinden, die scheinbar unfähig sind einen klaren Gedanken zu fassen, aber gleichzeitig die unglaublichsten Dinge mit Zahlen vollbringen; die beispielsweise schneller rechnen können als jeder Taschenrechner ohne jedoch wirklich zu verstehen, was sie da eigentlich machen. Niemand kennt die Ursachen dafür, weder für den Autismus noch für die Zahlenzauberei. Und es gibt viele Leute, die glauben, wenn wir erst einmal die Ursache dieses Phänomens herausgefunden haben, wissen wir auch sehr viel mehr darüber, wie unser Gehirn funktioniert.

Immerhin benutzen wir allenfalls zehn Prozent unserer Gehirnkapazität. Nein, das stimmt nicht ganz. Richtig ist, dass wir einfach nicht wissen, wozu die restlichen neunzig Prozent da sind. Es gibt Theorien und Vermutungen, aber wirklich wissen tun wir es nicht.

Kein Wunder, dass Larsen ein so großes Interesse an den Babys hatte. Wenn man dahinter kommen will, warum das Normale normal ist, studiert man am besten das nicht Normale und findet den Unterschied heraus. Genau das tat Larsen. Und er beschränkte sich dabei nicht nur auf die Babys – denn was war mit uns sieben?

Die Denkfabrik. Chris, der Elektronik-Freak und Wissenschaftsfanatiker, der mit den erstaunlichsten Theorien aufwartete – von denen einige sogar funktionierten. Oder Gretel, das Mathe-Genie, ein vierzehnjähriges Mädchen, das die Logik und den Abstraktionsgrad eines Universitätsprofessors hatte. Katie, die im Alter von zehn Jahren zwölf Sprachen beherrschte und den kompliziertesten Code mal eben kurz vor dem Frühstück knackte. Dann Lesley und Gordon, deren beinahe absolutes Gedächtnis Greg so oft auf die Palme brachte ... in erster Linie, weil sie sich einen Spaß daraus machten, ihn zu widerlegen und zu korrigieren, besonders wenn er sich wieder einmal selbst widersprach. Was er bekanntlich gerne tat, um Recht zu behalten.

Alle fünf besaßen sie besondere Begabungen und vollbrachten für Larsen Partytricks. Zu welchen Forschungsergebnissen kam er bei ihnen?

Weder Greg noch ich konnten solche Begabungen aufweisen. Tatsächlich war es so, dass unsere Besonderheit genau darin lag, *nicht* spezialisiert zu sein. Unsere Kenntnisse erstreckten sich nicht nur auf ein Gebiet, wir wussten von allem ein bisschen – mag sein, auch mehr als nur ein bisschen. Unter diesem Gesichtspunkt war die kleine Wohngemeinschaft aus Außenseitern und Genies kein Zufall. Larsen hatte es genau geplant. Manchmal stellte ich mir die Frage, wie er wohl gerade auf uns gekommen war und welche Theorien, wenn es denn überhaupt solche gab, wir ihm beweisen helfen sollten. Wie dem auch sei, ich begriff, was Greg mit seiner Bemerkung sagen wollte.

Das Blatt Papier in die Höhe haltend, fuhr er fort: »Keiner von uns weiß, was das heißen soll, vielleicht mit Ausnahme von Gretel. Aber Gretel ist ja auch ein Spezialfall. Myriam und die anderen sind genauso eine Versuchsgruppe wie wir. Vielleicht vergleicht er uns miteinander. Sind alle telepathisch begabt oder nur Myriam?« Greg richtete die Frage an Katie.

Sie lächelte leicht. »Alle. Und sie sind nicht genauso wie wir. Sie sind völlig anders.«

Ich wusste, worauf sie hinauswollte, aber Greg nicht.

»Wieso?«, fragte er.

»Weil ...« Katie warf mir rasch einen Blick zu, bevor sie weitersprach. »Weil sie erst sieben Jahre alt sind und mit niemandem sprechen. Außer mit mir. Und weil Larsen sie wie Gefangene hält.«

Vielleicht war »Gefangene« etwas übertrieben. Immerhin bewiesen die Akten, dass Larsen die Babys mit dem Einverständnis der Eltern hierher gebracht hatte. Aber er hatte die Eltern reingelegt. Er hatte ihnen nicht gesagt, was das Besondere an ihren Kindern war (vielleicht hatte er es selbst noch nicht gewusst), und er hatte sie auch nicht darüber aufgeklärt, welche Experimente – besser gesagt: Forschungen – seine Behandlung einschlossen. In den Augen der Eltern war das Institut eine Einrichtung, die sich mit besonderen Lernmethoden für autistische Kinder beschäftigte, ein Heim, in dem ihre Problemkinder gut aufgehoben waren. Ich hatte meine Zweifel, ob sie die notwendigen Papiere so ohne weiteres unterschrieben hätten, wenn sie auch nur die Hälfte von dem gewusst hätten, was wir bereits herausgefunden hatten. Ich konnte förmlich zusehen, wie Gregs Verstand arbeitete. Wenn es etwas gab, das er noch mehr hasste als nicht Recht zu behalten – oder bei Trivial Pursuit nicht zu gewinnen –, dann war es, etwas nicht zu verstehen. Das lag in seiner Natur. Immer musste er die Oberhand behalten. Aber diese Situation war neu für ihn und Katies Informationen waren ungenügend.

Was allerdings nicht ihre Schuld war. Sie war auf die Botschaften der Babys angewiesen und auch für die Babys war diese Art der Verständigung neu. Die Kommunikation, die die fünf untereinander spielend beherrschten, funktionierte mit uns noch nicht gleichermaßen.

Vielleicht war Katies Sprachbegabung der Grund, warum gerade sie so empfänglich war. Moglicherweise war das Sprachzentrum ihres Gehirns besser abgestimmt auf alle Arten von Botschaften. Für uns – Greg, mich und die anderen – war es ein langsamer und mühevoller Prozess.

»Es ist, als ob man eine Zeichensprache lernt«, sagte Greg einmal unwillig. »Und zwar im Dunkeln und mit auf den Rücken gebundenen Händen.«

Aber er zögerte keinen Moment sie zu lernen. An jenem Tag, in meinem Zimmer, lag eine Entschlossenheit in seinem Blick. So ein Glühen. Da wartete eine Herausforderung auf ihn, eine neue Erfahrung. Mag sein, dass es mir ähnlich erging – nein, es war ganz sicher so –, aber rückblickend fühle ich mich auch ein bisschen selbstsüchtig. Da waren diese armen Kinder, die verzweifelt um Hilfe baten, und wir dachten nur daran, wie aufregend es war, die Gedankensprache zu lernen.

Am Ende konnten wir froh sein, dass Larsen und MacIntyre so lange brauchten um zwei und zwei zusammenzuzählen. Zu diesem Zeitpunkt waren wir nämlich in der Lage, »unsere Gedanken zu sprechen«, wie Chris es nannte. Außerdem hatten wir auf Myriams Bitte hin Hilfe »von außen« geholt.

X
Das Passwort

4. Juli 1990

»Hast du es?«, fragte Susan nervös, noch bevor Erik durch die Tür getreten war.

»Ebenfalls hallo. Ja, mir geht es gut, danke der Nachfrage.« Erik lächelte, während er die Tür hinter sich schloss. Susan warf ihm einen Blick zu, der um Entschuldigung bat, erwiderte das Lächeln und gab ihm einen flüchtigen Kuss auf die Wange.

»Es tut mir Leid. Ich bin nur so ... angespannt.« Sie ergriff seine Hand und zusammen gingen sie in das Wohnzimmer.

»Also ... hast du es?«

Mit einer raschen Handbewegung holte er die winzige Videokassette aus seiner Jackentasche und reichte sie ihr. »Hast du etwa daran gezweifelt?«

»Niemals!« Diesmal war ihr Kuss spontaner. Sie durchquerte den Raum und legte die Kassette in einen tragbaren Camcorder, der bereits an den Fernseher angeschlossen war. Als sie das Gerät einschaltete und die Rücklauf-Taste drückte, merkte sie, dass ihre Hände zitterten.

Der Fernsehapparat rauschte, dann erschien das Bild. Es war Erik, der in die Kamera starrte und die Zunge herausstreckte. Schließlich verschwand er von der Bildfläche und stattdessen hatte man einen ungehinderten Blick auf den Computerbildschirm und die Tastatur.

»Spul das Band ruhig etwas weiter«, erscholl Eriks Stimme aus der kleinen Kochecke, wo er Wasser in den Kessel einließ. »Larsen hat sich verspätet. Da sind ungefähr fünfzehn Minuten auf dem Band, in denen gar nichts passiert. Magst du auch eine Tasse?«

»Gern«, murmelte Susan. Sie starrte wie gebannt auf den Fernsehbildschirm. Selbst im Schnelllauf wirkte das Bild wie ein Standfoto. Plötzlich tauchte Larsen auf. Sie stoppte das Band und ließ es mit normaler Geschwindigkeit weiterlaufen. Zuerst war nur Larsens Rücken zu sehen und sein Hinterkopf blockierte die Sicht auf den Computer. Für einen kurzen Augenblick fürchtete Susan, dass sich das Ganze als Zeitverschwendung erweisen würde. Doch dann setzte sich der beinahe kahlköpfige Wissenschaftler an den Schreibtisch. Er betätigte verschiedene Tasten und der Computer fuhr das Betriebssystem hoch. Eine Reihe von rasch ablaufenden Bildschirmsequenzen war zu sehen, bevor in roten Buchstaben vor blauem Hintergrund ein Wort aufleuchtete. PASSWORT?

Larsen hatte einige Dateien auf der Festplatte mit einer Zugangsberechtigung versehen. Ohne das entsprechende Passwort war es nicht möglich, an die darin enthaltenen Informationen heranzukommen.

Das mit der Kamera war Eriks Idee gewesen.

Einige Tage zuvor hatten sie draußen auf dem Rasen gesessen – außer Hörweite – und hatten über das Problem gesprochen. Erik saß mit geschlossenen Lidern da und reckte sein Gesicht in die Sonne. »Sieh mal«, hatte er plötzlich gesagt und sich dann auf die Seite gestützt und sie angesehen. »Wir müssen das Passwort herausfinden, das ist alles.«

»Ja klar. Wir marschieren zu Larsen und fragen ihn danach.

Ich kann es mir richtig vorstellen. Wir gehen hin und sagen: ›Wir trauen Ihnen nicht und halten Sie für besessen und unmoralisch. Deshalb hätten wir gerne das Passwort, damit wir in Erfahrung bringen können, was zum Teufel Sie hier eigentlich anstellen.‹ Wie könnte er uns diese Bitte abschlagen?« Erik lächelte nur, während Susan weiterredete. »Als ich hierher kam, sagte man mir, ich hätte freien Zugang zu allen Daten. Aber das stimmte nicht. Larsen weiß viel mehr, als er allen anderen gegenüber zugibt – von MacIntyre einmal abgesehen.«

»Wer hat denn etwas davon gesagt, dass wir ihn um Erlaubnis fragen?«

»Immerhin ist er der Einzige, der den Code kennt. Wie, glaubst du, sollen wir an das Passwort herankommen?«

Eriks Lächeln war zu einem breiten Grinsen geworden. »Larsen hat es dir bereits gezeigt. Überleg doch mal. Wie kommt er an die meisten seiner Informationen über die Babys heran? Indem er überall seine kleinen Spielzeuge installiert, die jede ihrer Bewegungen aufzeichnen. Erst letzte Woche ist wieder eine Ladung mit technischer Ausrüstung gekommen – ich musste sie abladen. Alles, was wir tun müssen, ist, eine der Kameras auszuleihen ...«

Auf dem Fernsehapparat war zu sehen, wie Larsen einige Tasten betätigte, aber seine Finger verdeckten stets die Buchstaben.

»Ich konnte nicht sehen, welche Buchstaben er eingegeben hat«, sagte Erik, der direkt hinter ihr stand. Auch das, was auf dem Computerbildschirm zu sehen war, half nicht weiter. Für jeden Buchstaben erschien ein kleines Sternchen.

»Das ist gar nicht nötig.« Susan nahm die große Henkeltasse mit Tee, die Erik ihr reichte. »Eines der ersten Dinge, die ich auf der Highschool lernte, war blind zu schreiben.« Sie spulte ein Stück zurück und ließ das Band noch einmal ablaufen. »Du musst nur genau auf die Position der Finger achten. M, E, Y ... nein, T, A, M, I, E ... nein, das Letzte war ein D.« Während sie sprach, schrieb Susan mit ihrer freien Hand die Buchstabenfolge auf einen Notizzettel. »METAMID.«

»Das ist ein merkwürdiges Passwort.«

»Na, was glaubst du denn? Dass er den Namen seines Hundes wählt? Das ist doch der Witz an der Sache. Es muss etwas sein, auf dass kein anderer kommen kann.«

»Vermutlich hast du Recht.«

»Außerdem klingelt bei mir etwas. Metamid. Das Wort ist mir schon einmal begegnet.« Susan rümpfte die Nase ein wenig, was Erik inzwischen sehr vertraut war. Das tat sie immer, wenn sie scharf nachdachte. »Es klingt wie etwas Chemisches ...«

»Oder wie ein Medikament«, warf Erik ein.

Ein Funkeln trat in ihre Augen. Ohne ein weiteres Wort stellte sie ihre Tasse ab und trat an den Schreibtisch. Sie schlug einen der Aktendeckel auf, die verstreut auf dem Schreibtisch lagen, überflog einige Seiten und deutete mit ihrem Zeigefinger auf einen der Einträge. »Da haben wir es ja ... Es ist tatsächlich ein Medikament. Mrs Matheson wurde am Anfang ihrer Schwangerschaft damit behandelt.« Sie vertiefte sich in die Notizen. »Es wird bei Bluthochdruck verwendet. Ich frage mich ...«

Eine rasche Überprüfung der anderen Ordner ergab weitere Hinweise. Metamid war das einzige Medikament, das in allen Krankenblättern auftauchte.

»Vielleicht sind wir tatsächlich auf etwas gestoßen.« Erik war zu ihr an den Schreibtisch getreten.

»Schon möglich«, sagte sie, doch es klang skeptisch. »Aber das wäre zu einfach. Da steckt noch etwas anderes dahinter. Richard wäre die Sache mit dem Metamid ganz sicher aufgefallen. Außerdem weiß Larsen darüber ja bereits Bescheid.« Sie sah ihn direkt an. »Sonst hätte er es nicht als Passwort benutzt.«

»Da hast du Recht.«

»Was noch dagegen spricht, ist die Tatsache, dass alle Babys im gleichen Krankenhaus zur Welt kamen. Wenn es nur um das Metamid ginge, dann hätten wir solche Fälle weltweit.«

»Guter Einwand.« Erik sah zu, wie sie sich ihre Tasse holte. »Also handelt es sich um einen bloßen Zufall?«

»Vielleicht. Aber ich glaube es nicht.« Susan ließ sich auf der Couch nieder und Erik setzte sich neben sie. »Mir gehen zwei Dinge nicht aus dem Kopf, die Richard einmal sagte, als er noch ganz am Anfang seiner Forschungen war. Er sagte: ›Es muss etwas lokal Begrenztes sein‹, und später, als er mit Larsen am Telefon stritt, hörte ich, wie er sagte: ›Und wenn meine Vermutungen stimmen, wird sich ein ganz bestimmter Pharmakonzern warm anziehen müssen.‹ Das ergibt doch keinen Sinn. Das eine passt nicht zum anderen.«

»Warum nicht? Sieh mal, wenn das, was mit den Babys passiert ist, allein durch dieses Medikament verursacht wurde, dann wäre es nicht so eng eingegrenzt. Dennoch sind alle Babys damit in Kontakt gekommen, das heißt, es ist sehr wohl ein verbindender Faktor. Ich mag ja nicht der Top-Wissenschaftler sein« – ein Lächeln begleitete seine Worte –, »aber wenn keines der beiden Erklärungsmuster für sich allein einen Sinn ergibt, dann erscheint es doch ziemlich logisch, dass des Rätsels Lösung in einer Kombination aus beiden liegt.«

»Wie meinst du das?«

»Na ja, Metamid ist vermutlich ein unbedenkliches Medikament, denn sonst würde man es nicht bei Schwangeren einsetzen, oder nicht?« Susan nickte. »Und alle Babys kamen in ein und demselben Krankenhaus auf die Welt.« Wieder nickte sie. »Aber es gibt kein Kind, das diese Besonderheiten hat und dessen Mutter *nicht* mit Metamid behandelt worden ist, stimmt's?«

»Soweit wir wissen, nicht.«

»Zieht man dies alles in Betracht, sieht es meiner Meinung nach so aus: Auf der einen Seite haben wir ein Medikament, das, für sich allein genommen, ungefährlich ist, und auf der anderen Seite ein Krankenhaus – oder etwas, das sich in dem Krankenhaus befindet –, das an sich ebenfalls ungefährlich ist. Aber wenn man beides zusammenbringt, entsteht aus dieser Kombination das, was wir hier vor uns haben.«

»Eine Mutation?«

»Na, um einen gewöhnlichen Schnupfen handelt es sich ja nicht gerade.«

»Also müssen wir nur den noch fehlenden, unbekannten Faktor finden. Und der liegt acht Jahre zurück.«

»Acht Jahre?«

Susan strich sich das Haar aus dem Gesicht. »Die Babys sind sieben Jahre alt. Soweit ich weiß, gibt es kein Kind, das älter oder jünger ist und diese Anomalien aufweist. Also muss der entscheidende Faktor, nach dem wir Ausschau halten, vor acht Jahren aufgetaucht sein, und zwar nur an diesem Krankenhaus.« Sie machte eine Pause und überlegte. »Wie dem auch sei, jetzt können wir wenigstens in Erfahrung bringen, wie viel Larsen weiß. Und möglicherweise auch, was er vorhat ...«

XI
Eriks Geschichte

Man kann wohl sagen, dass ich der Außenseiter war. Um kein Missverständnis aufkommen zu lassen: Sie haben mir nie das Gefühl gegeben, einer zu sein, aber Tatsachen bleiben nun mal Tatsachen. Abgesehen von Susan war keiner dabei, der älter als sechzehn war. Und sie waren so verdammt klug. Im Vergleich zu Susan kam ich mir bereits minderbemittelt vor, aber erst diese Kinder ...

Es ist schon komisch. Da waren diese sieben Kinder, die einzig aus dem Grund auf die Farm gekommen waren, weil sie anders waren, weil sie nirgends dazupassten. Alle zusammen genommen bildeten jedoch eine Einheit. Ihre Andersartigkeit war es, die sie verband und ihnen eine gemeinsame Identität gab.

Hin und wieder verbrachten wir den Abend mit ihnen zusammen. Meine Dienstzeit war in der Regel gegen sechs zu Ende und Susan konnte aufhören, wann sie wollte, daher schauten wir nach dem Abendessen noch in den Aufenthaltsräumen vorbei. Wir fühlten uns in der Gesellschaft der Kinder wohl. Um ehrlich zu sein, zog ich sie einem Zusammensein mit den anderen Kollegen eindeutig vor.

Manchmal – am Abend oder am Wochenende – luden wir sie alle in den Kleinbus des Instituts und los ging's. Die Kinder genossen es, einmal von der Farm wegzukommen. Im Sommer fuhren wir an den Strand oder landeinwärts in die Berge, abends oder im Winter entschieden wir uns meistens für einen Trip in die Stadt um ins Kino zu gehen oder zum Bowling.

Auf der Farm gab es zwar eine Videosammlung und einen Fernseher mit übergroßem Bildschirm, aber es war das Drumherum, was einen Kinobesuch so interessant machte, weniger der Film selbst. Es machte Spaß, mal rauszukommen. Besonders wenn man so eingeengt lebte wie diese Kinder.

Was mich betraf, bevorzugte ich Bowling. Ich war schon immer ganz gut darin gewesen und Susan und ich lieferten uns manches spannende Match, aber wer mich wirklich überraschte, war Greg. Zugegeben, sein Stil war etwas unorthodox. Aber er erfüllte seinen Zweck.

Als wir das erste Mal zum Bowling gingen, saß Greg nur da und sah uns aufmerksam zu. Eigentlich hatte ich ihn bitten wollen die Punkte zu addieren, aber das war nicht nötig. Gordon und Lesley hatten nicht nur sämtliche Ergebnisse aller neun Spieler im Kopf, sondern auch die einzelnen Treffer und Fehlversuche – und mir fällt es schon schwer, die Übersicht zu behalten, wenn ich mir alles notiere!

Doch zurück zu Greg. Beim nächsten Mal wollte er schon mitspielen. Ich sah unwillkürlich auf seine Beine. Aber bevor ich in ein Fettnäpfchen treten konnte, beantwortete er meine unausgesprochene Frage bereits selbst.

»Keine Sorge«, sagte er. »Ich komme schon zurecht.«

Und das kam er tatsächlich. Er »lieh« sich einen der Stühle aus der Cafeteria aus, und als die Reihe an ihm war, stellte Mikki den Stuhl in die Mitte der Bahn, direkt hinter die Ausgangslinie. Greg setzte sich auf den Stuhl und schob die Kugel. Einer von uns holte dann die Kugel zurück. Es klappte wunderbar. Nach den ersten beiden Spielen hatte er den Dreh raus und wurde von Mal zu Mal besser.

Eigentlich verschaffte die Behinderung ihm sogar einige Vorteile. Sein Anstoß aus dem Stand war zwar nicht so fließend wie bei einem Anlauf, aber er war dafür sehr kraftvoll. Fünfzehn Jahre, in denen ihm seine Arme die Beine ersetzen mussten, hatten seine Armmuskeln so gestärkt, dass er mit Leichtigkeit die schwere Kugel bewegte. Am Ende war nicht Susan meine stärkste Konkurrentin, sondern er.

Jedes Mal, wenn er gewann, machte er daraus eine große Sache. Ich war noch nie ein guter Verlierer gewesen und Greg brauchte nicht lange um das zu erkennen. Das war eines seiner Talente. Er wusste immer gleich, wo die Schwachstellen seines Gegenübers waren, und nutzte dieses Wissen gnadenlos aus. Für ihn war es nur ein Spaß, aber ich brauchte eine ganze Weile, bis ich damit zurechtkam. Susan bemerkte es und machte Greg darauf aufmerksam, aber das änderte wenig. Es war ihm ein Vergnügen, mich zu testen. Dabei meinte er es nicht einmal böswillig; er war einfach so. Im Laufe der Zeit lernte ich damit umzugehen. Sobald ich aufhörte wie erwartet zu reagieren, hörte er auf mich zu traktieren.

Susan und ich wurden jedenfalls akzeptiert und die Kinder vertrauten uns. Das war wohl auch der Grund, warum sie uns um Hilfe baten. Sie brauchten jemanden, der Zugang zu dem anderen Gebäude hatte. Und natürlich fiel die Wahl auf uns. Sie hätten auch nur Susan einweihen und mich aus der ganzen Sache heraushalten können. Aber sie wussten genau, dass Susan und ich uns häufig trafen, dass wir, wie Gretel es nannte, »etwas am Laufen hatten«, daher vermuteten sie, dass Susan mich in jedem Fall informiert hätte, und außerdem sahen vier Augen mehr als zwei. Also wurde ich mit ins Boot geholt. (Erst viel später fanden wir heraus, dass der Vorschlag von den Babys, genauer gesagt von Myriam kam. Aber da fanden wir noch viel mehr heraus – später.)

Es war ungefähr Ende Juli, als Mikki und Greg an uns herantraten. Wie üblich kam Greg ohne Umschweife zur Sache.

»Würdet ihr euch bitte hinsetzen? Wir haben euch etwas mitzuteilen, das möglicherweise das Bedeutungsvollste ist, was ihr je in eurem Leben zu Ohren bekommt. Ihr erfahrt es auch nur deshalb, weil wir sehr bald eure Hilfe brauchen werden.« Mir fiel auf, dass Mikki äußerst nervös war. Auch Greg schien das zu bemerken, denn seine nächsten Worte waren an sie gerichtet.

»Sieh mal, Michele« – er nannte sie sonst nie bei ihrem vollen Namen, es sei denn, er wollte sie von etwas überzeugen oder unbedingt Herr der Situation bleiben –, »früher oder später müssen wir sie ohnehin in alles einweihen, also können wir es genauso gut auch jetzt tun. Ohne sie kommen wir nicht weiter, deshalb ist es nur ratsam, gleich am Anfang herauszubekommen, ob sie zu uns halten oder ob sie auf Larsens Seite stehen.«

Die beiden hatten offensichtlich schon seit längerem darüber diskutiert und Mikki schien Gregs Ansicht nicht zu teilen. Aber jetzt zuckte sie mit den Schultern und sagte: »Also gut. Vielleicht hast du ja Recht.«

Der Ausdruck in Gregs Augen besagte, dass er von Letzterem absolut überzeugt war. Er wandte sich Susan und mir zu. »Wir brauchen eure Hilfe um Myriam und die anderen vor Bert und Ernie zu beschützen.«

»Vor wem?« Susan war einen Lidschlag schneller als ich. Mikki war es, die antwortete. »Das sind seine Kosenamen für Larsen und MacIntyre.«

»Ich würde sie eher um die Ecke bringen als mit ihnen zu kosen«, sagte Greg. »Sie sind gefährlicher als zwei Pitbullterrier.« Obwohl Greg die Worte leichthin sagte, konnte man die starken Gefühle erahnen, die sich dahinter verbargen.

Susan runzelte die Stirn. »Woher wisst ihr das von Myriam und den anderen? Dieser Teil der Farm ist streng geheim.«

»Aus der gleichen Quelle, aus der wir auch Larsens Passwort kennen.«

76

XII

Myriam

9. August 1990, 2 Uhr morgens

Myriam liebte die Nacht.

Wenn die Dunkelheit kam, erstarben auch die Geräusche; die miteinander konkurrierenden Gedankenmuster, die tagsüber unkontrolliert und lärmend von überall her aus dem Institut auf sie einströmten, das Donnern der unzähligen Gedankenströme etwas weiter aus dem Norden und das Hintergrundrauschen millionenfacher Stimmen aus der großen Stadt. In der Nacht erstarben sie oder änderten zumindest ihren Rhythmus. Sie waren immer noch hörbar, aber sanfter, wie das Meer bei Ebbe – ein leichtes Kräuseln der Wellen, das jederzeit wieder in eine kraftvolle Brandung umschlagen konnte.

Denn genau so war es bei Tag, wenn die Stimmen gegen den Schutzschild brandeten wie die Wellen auf dem Höhepunkt der Flut und nur die reine Willenskraft sie fern hielt. Riesige Wogen unzähliger, stiller Gedanken, die danach drängten, ausgesprochen zu werden, und die sich vereinten zu einem einzigen, nach außen hin lautlosen, doch unerträglichen Gebrüll. Gedankenlärm.

Auch nur ein Augenblick ohne den Schild und alles würde auf sie eindringen und sie wie ein Sturm beiseite fegen, ihr

Gehirn mit lautem Brüllen überschwemmen und ihren Verstand in Stücke reißen. Für immer.

Also lebte Myriam für den Augenblick, wenn die Nacht hereinbrach.

Irgendwo tief in ihrem Gedächtnis begraben war die Erinnerung an die Zeit vor dem Lärm – vage und einem Traum gleich. Die Erinnerung an eine kurze, wundervolle und weit zurückliegende Kindheit, die an einem Tag des Schmerzes und des Fiebers endete. Ein weiß glühendes Aufwallen, qualvoll und peinigend, das aus dem Innersten ihres Gehirns zu kommen schien, immer stärker wurde, sie überwältigte, um wieder abzuklingen, zuerst zu einem gleißenden Rot und schließlich zu einem tiefen Schwarz.

Dann die Stimmen. Zuerst kaum hörbar. Ein Wort, ein Bild, ein Gefühl, das nicht ihres war, sich jedoch plötzlich breit machte und den Rhythmus ihrer Gedanken unterbrach. Sie schwollen an, bis der ständige Lärm in ihrem Kopf unerträglich wurde. Tag für Tag nahm er zu, bis sie nicht mehr in der Lage war zu denken. Bis ihre eigenen Gedanken nicht viel mehr als ein verzweifeltes Flüstern inmitten eines tosenden Sturmes waren.

Doch dann entdeckte sie den Schild. Der Schild sagte nein. Er war ein instinktiver Schutzwall, der sie vor dem Gedankenlärm abschirmte. So wie man vor allzu grellem Licht die Augen schloss. Mehr noch. Er ermöglichte es ihr zu denken. Gedanken, die sich in der Stille vervielfältigten und ausbreiteten. Mit drei Jahren, abgeschottet von ihrer Familie, ihrer Umwelt und allein im Innern des Schildes, entdeckte Myriam den reinen Gedanken.

Aber sie konnte ihn mit niemandem teilen. Die Einsichten, das Verstehen blieben eingeschlossen in ihrem stillen Gefängnis. Sie konnte sehen. Sie konnte hören. Tasten, riechen, schmecken. Der Schild ließ Sinneseindrücke herein, aber nichts hinaus. Der Schutzwall, der den Gedanken eines an-

deren – mehr noch, alle Gedanken aller anderen – ausschloss, machte eine Kommunikation unmöglich. Keine Worte, keine Gesten. Denn um sich auf jemand anderen einzustellen, um Laute und Gesten hervorzubringen, hätte sie aus dem Kern ihres Seins heraustreten müssen. Aber nur er bot die Gewähr für den schützenden Schild.

Greg träumte. Von Mikki. Für einen Augenblick hielt Myriam inne. Dann wanderte ihr Verstand weiter. Jungenträume ergaben ebenso wenig Sinn wie die Fantasien, die sie bei Tage hatten.

Mikki träumte nur selten. Heute Nacht floss der Rhythmus ihres Schlafes sanft durch die Dunkelheit. Zeilen eines Gedichts, Teile einer Melodie, ein Bild, ein Gesicht; ein fernes Echo, doch keine Träume.

Susan war noch wach. Wie immer bemühte sie sich zu verstehen, brütete über dem Inhalt eines Ordners. Und wie immer lautete die Frage: »Warum?« Warum ausgerechnet diese Kinder? Warum keine anderen? Nun, da sie um das Geheimnis wusste, da sie die ersten Erfahrungen mit der Gedankensprache gemacht und auf einige der Fragen eine Antwort gefunden hatte, zeigte es sich, dass es sie keinen Schritt näher an die Lösung des Rätsels gebracht hatte. Was war damals passiert? Was war die Ursache?

Behutsam ließ Myriam sich zwischen diese bedrängenden Fragen gleiten, in das Zentrum des Bemühens, dorthin, wo die Anspannung am größten war und Susan den Schlaf raubte. Und langsam fing es an. Ein Gefühl, warm, beruhigend, das sich von innen her ausbreitete, den Knoten löste, entkrampfte.

Susan hörte mitten im Satz auf zu lesen und schloss für einen Moment die Augen.

»Myriam?«, formulierte sie den Gedanken. Dann überzog ein Lächeln ihr Gesicht. Sie schob ihren Stuhl nach hinten

*und ging in ihr Schlafzimmer. Sie legte sich auf das Bett und
ließ es zu, dass ein Gefühl der Ruhe sie erfasste wie eine
sanfte Welle.* »*Gute Nacht, Myriam*«, *murmelte sie und
schlief ein.*

Myriam verharrte eine Weile. Gutnachtsusan. Dann wanderte sie weiter.

Myriam schlief nie wirklich. Keines der Babys tat das. Der
Schild verlangte ununterbrochene Konzentration. In den
Jahren der Isolation hatte jedes von ihnen einen Halbschlaf
entwickelt, bei dem der Körper ausruhte, in eine Art Dämmerzustand fiel, der nach außen hin mitunter wie echter
Schlaf aussehen mochte. Aber immer war ein Teil des Gehirns hellwach. Einst war das eine Frage des Überlebens gewesen, inzwischen war es zur festen Gewohnheit geworden.
Und während sie so dalag, musste Myriam an Larsen denken
und ein Lächeln erschien auf ihrem Gesicht. Was würde er
nicht alles dafür geben, um endlich den Beweis für seine Vermutungen zu erhalten. Es war eine Ironie des Schicksals, dass
ausgerechnet sein Eigennutz, seine Besessenheit, sie nicht nur
zusammengeführt und ihre Isolation beendet hatte, sondern
ihnen auch die Macht gegeben hatte, ihm zu trotzen. Gemeinsam waren sie stark.
Myriams Leben hatte sich an dem Tag verändert, als die
Zwillinge angekommen waren. Es war wie eine Wiedergeburt gewesen. Eine Flucht aus dem Gefängnis des eigenen
Ichs. Der Beginn der Gemeinsamkeit.
Hinter dem Schild verborgen und allein mit ihren Gedanken,
war sie über ihr Alter hinaus gereift. In ihrer Isolation hatte
sie Gedanken entwickelt, Zusammenhänge erkannt, die sie
mit niemandem teilen konnte. Die Zwillinge hingegen waren
niemals völlig allein gewesen. Von Anfang an hatten sie die
Last geteilt, den Schild aufrechtzuerhalten, ebenso wie sie
ihre Gedanken, ihr geistiges Verständnis bündeln und ihre
Deutung der Welt gemeinsam entwickeln konnten. Hinter

der Maske hatten sie sich der Welt als vollkommene Einheit präsentiert, eine Einheit, wie sie der Rest der Welt niemals erreichen würde.

Gleich am ersten Tag hatten sie Myriam an ihrer Einheit teilhaben lassen. Wie sie so dastand und die Ankunft der beiden beobachtete, hatte sie mit einem Mal einen Gedanken in sich wachsen gespürt – hinter dem Schild. Und Ian hatte ihren Blick aufgefangen.

Hallo, hatte der Gedanke besagt. Nichts weiter.

Ein einziges Wort, das doch gleichbedeutend war mit dem Ende der Einsamkeit. Das war wahrhaftig Grund genug um zu lächeln.

XIII
Gregs Geschichte

Man muss sich von der Vorstellung befreien, dass Wörter an sich eine Bedeutung haben. Wörter sind nur Etiketten für Gedanken, damit wir selbst besser mit ihnen zurechtkommen; damit wir sie anderen Menschen mitteilen können. Vermutlich ist das auch der Grund, warum die Babys solche Schwierigkeiten hatten uns die Gedankensprache beizubringen. Wir mussten erst die lebenslange Gewohnheit überwinden, alles in Worte zu fassen. Ich bin überzeugt davon, dass der Großteil ihrer Kommunikation untereinander auf einer Ebene stattfand, die jenseits von Wörtern lag.

Wie beschreibt man, wie etwas schmeckt? Abgesehen von sehr allgemeinen Begriffen wie »süß« oder »sauer« haben wir keine Wörter, die beispielsweise den Geschmack von Orangen, von extrascharfen Chips oder von Knoblauch wiedergeben. Wir sind daher auf Vergleiche angewiesen: »Es schmeckt wie …«, »Es ist so ähnlich wie …« und andere Phrasen, denen die Annahme zugrunde liegt, dass die andere Person die gleichen Erfahrungen hat wie man selbst.

Dieses Problem hatten Myriam und die anderen Babys nie. Wollte eines der Kinder eine Geschmacksempfindung beschreiben, so teilte es den Sinneseindruck einfach mit den anderen. Ohne ihn auf Wörter zu reduzieren. Das Schwie-

TEIL ZWEI:

Eine Art Freiheit

»Es mag als persönliche Freiheit angesehen werden, Art und Weise des eigenen Gefängnisses wählen zu dürfen – oder Art und Weise der eigenen Hinrichtung ...«

anonym

»Der Geist ist frei, was auch immer den Menschen bedrängt.«

Michael Drayton

XV

Mikkis Geschichte

Wann der Plan aufkam, weiß ich nicht mehr genau. Oder wessen Idee es ursprünglich gewesen war. Lange Zeit war es wie in einer dieser altmodischen Abenteuerserien: Die »Geheimnisvollen Fünf« kauern sich in einer Ecke zusammen und entwickeln leise flüsternd einen Plan um die Bösewichte im letzten Kapitel zu besiegen ... Außer, dass wir eben nicht die »Geheimnisvollen Fünf« waren und die Situation viel komplizierter war als in einem Abenteuerbuch für Kinder.

Larsen war auf der richtigen Fährte. Aus dem, was die Babys uns mitteilten, und aus den Informationen der geheimen Dateien, an die Susan und Erik (mit Larsens eigenem Passwort) herangekommen waren, ergab sich, dass Larsen anfing die Zusammenhänge zu erkennen. Und es war klar, dass die Schlüsse, die er daraus ziehen würde, nichts Gutes für Myriam und die anderen verhießen.

Susan hatte ihre Bemühungen, die »Ursachen« zu erforschen, zurückgestellt und sich zunächst dem »Ergebnis« gewidmet. Immerhin, einen Vorteil hatte sie gegenüber Larsen. Sie konnte Fragen stellen – und bekam Antworten. Während er im Nebel herumstocherte, stückweise Informationen zusammentrug, sie mit seiner High-Tech-Ausrüstung ausspionierte und Experimente plante, war es Susan gelungen, ein recht ausführliches Profil der Babys zu erstellen. Erschien uns das, was wir bereits wussten, schon erstaunlich genug, so war das, was Susan herausfand ... beinahe beängstigend.

Intelligenztests sagen nicht viel aus. Das weiß man schon seit vielen Jahren. Jeder in der Denkfabrik hatte bei dem Test mit einem IQ über 150 abgeschnitten – ein Wert, ab dem man allgemein von einem Genie sprach. Tatsächlich fielen uns bestimmte Dinge sehr leicht, aber das half uns nicht dabei, uns einzugliedern. Der Intelligenzquotient ist nur ein Maß der potenziellen Fähigkeiten, keine Garantie für das, was man damit erreichen kann. Der Umgang mit anderen Menschen, künstlerische Fertigkeiten, moralische Werte; diese Dinge lassen sich nur schwierig messen – ebenso schwierig, wie es ist, sie zu entwickeln.

Ich weiß. Ich halte mal wieder Vorträge, wie Greg es immer vorwurfsvoll nennt. Aber man muss die Bedeutung von Susans Entdeckung verstehen um zu begreifen, was mit den Babys geschehen ist.

Wie ich schon sagte, wir hatten alle einen IQ über 150. Nicht schlecht, wenn man bedenkt, dass der Durchschnittswert zwischen 100 und 120 liegt. Aber als Susan anfing die Babys zu testen, schnellten die Werte über die Skala hinaus. Ich glaube, bei einem Wert von 450 und als die Babys ihrerseits anfingen die Aussagekraft der Tests zu analysieren und neue Verfahren zu entwickeln, hat sie es aufgegeben. Das Ganze ist umso erstaunlicher, wenn man berücksichtigt, dass die Tests ja nur auf einem Umweg vonstatten gingen, denn Erik las die Fragen, übermittelte sie an die Babys weiter und schrieb auch ihre Antworten nieder.

Aber der IQ war nur ein Teil des Rätsels. Abgesehen von der Fähigkeit zur Gedankensprache besaßen die Babys ein Gedächtnis, das Gordon und Lesley aussehen ließ wie geistesabwesende, vergessliche Professoren. Visuelle Eindrücke, Geräusche, Gerüche – sie erinnerten sich an *alles.*

Ich machte den Fehler – allerdings nur ein einziges Mal –, Susan zu fragen, warum das so war.

»Wie zum Teufel soll ich das wissen?« Sie hatte einen harten Tag hinter sich und ich hätte es besser wissen müssen, zumal Erik für eine Woche weg war. »Mein Spezialgebiet ist die Psychologie und nicht Neurophysiologie.«

Sie hatte stundenlang über den Kopien von Larsens Aufzeichnungen gebrütet und über den detaillierten Skizzen, die er von den Computertomogrammen gemacht hatte.

Inzwischen hatten Susan und Erik sich zu geschickten Einbrechern gemausert. Sie hatten nicht nur Larsens geheime Computerdateien geknackt und einen Zweitschlüssel zu seinem Aktenschrank angefertigt, sie kopierten auch in regelmäßigen Abständen den Inhalt seiner Aktentasche. Sie waren ein großartiges Team, unterstützt von Pep oder Ricardo, die immer ein geistiges Auge auf die beiden hatten und sozusagen Wache schoben.

Jetzt nahm Susan eine der Skizzen zur Hand und reichte sie mir. Es war eine Frontansicht und zeigte ein Gehirn, wie ich noch nie eines gesehen hatte.

»Lies, was Larsen dazu geschrieben hat, und sag mir, was du davon hältst.« Es klang beinahe wie eine Herausforderung. Ich fing an zu lesen.

Die Irregularität lässt sich zurückführen auf einen Auswuchs am Thalamus, der entlang der interhemisphärischen Fissura longitudinalis verläuft und der gleichzeitig zu beiden Zerebralhemisphären gehört und bis zur Medulla oblongata reicht. Geht man davon aus, dass sich die normalen, der Verarbeitung und Weiterleitung von Sinneseindrücken dienenden Funktionen des Thalamus auf das zusätzliche Gewebe übertragen haben und sich über die ganze Länge des Auswuchses erstrecken, ist neben einer signifikanten Steigerung der Ef-

fektivität bei der neurologischen Verarbeitung von Wahrneh-
mungen wie auch bezüglich der Fähigkeit zu abstrakten ko-
gnitiven Prozessen eine ausgeprägte Links/Rechts-Interak-
tion der Gehirnhälften zu vermuten ...

Und so weiter und so weiter. Sah man einmal von dem Wis-
senschaftskauderwelsch ab und übertrug den Inhalt in eine
normale Sprache, kam Larsens Theorie dem, was wir bereits
wussten, bemerkenswert nahe – nur die telepathischen Fähigkeiten wurden nicht erwähnt. Widerwillig bewunderte
ich, zu welchen Einsichten er gelangt war. Bei seiner Suche im
Dunkeln hatte er zumindest den Lichtschalter gefunden.

Wir mussten einen Weg finden ihn daran zu hindern, den
Schalter umzulegen.

»Also?« Susan sah mich unverwandt an, als ich das Blatt aus
der Hand legte.

»Was ist der Thalamus?« Ich hatte zwar eine ungefähre Vorstellung davon, aber ich wollte erst eine Bestätigung dafür
haben, bevor ich mit der Theorie herausrückte, die sich mir
aufdrängte.

Sie überlegte kurz.

»Soweit ich weiß«, sagte sie langsam, »handelt es sich um den
Teil des Gehirns, bei dem sämtliche Informationen aller
Wahrnehmungsorgane zusammenlaufen und der diese in die
entsprechenden Teile des Gehirns weiterleitet; einige in den
bewussten Teil des Gedächtnisses, andere, weniger wichtige,
in den unbewussten, und die völlig nutzlosen entsorgt er ge-
wissermaßen.«

»So ungefähr hatte ich es mir vorgestellt.« Susan lächelte nur,
daher fuhr ich fort. »Der Thalamus ist also wie ein Mikro-
prozessor. Er entscheidet, was auf den Bildschirm kommt
und was im Speicher abgelegt wird.«

»Wenn du dir das Gehirn wie einen Computer vorstellst, ja«,
sagte sie, aber ich unterbrach sie sofort, denn ich war mit
meinen Überlegungen noch nicht fertig.

»Was immer auch den Babys zugestoßen ist – was das war, davon haben wir nicht die leiseste Ahnung –, es hat dazu geführt, dass sich der Thalamus verändert hat, viel effizienter geworden ist und auch viel größer.«

»Und weiter ...?« Inzwischen war sie ganz bei der Sache.

»Und es verwandelte den normalen Durchschnittscomputer in einen Hochleistungsrechner.« Ich hörte auf zu reden. Sie sah mich an und wartete. Ich deutete auf die Zeichnung, die Larsen uns unfreiwillig zur Verfügung gestellt hatte. »Wenn Larsens Theorie stimmt – und nach allem, was wir wissen, scheint dies so zu sein –, dann können die Babys Informationen viel effektiver verarbeiten und im Gedächtnis behalten als wir.«

»Das erklärt ihre außerordentliche Intelligenz«, warf Susan ein. Bis jetzt hatte ich ihr nichts gesagt, was sie nicht bereits wusste. »Aber was ist mit der Gedankensprache? Telepathie hat nichts mit Intelligenz zu tun.«

»Woher willst du das wissen? Es muss mit dieser ›Irregularität‹ zusammenhängen, wie Larsen es nennt. Beides, ihre unglaubliche Intelligenz und ihre telepathischen Fähigkeiten, haben eine gemeinsame Ursache.« Ich durchquerte den Raum und ließ mich auf das Sofa fallen.

Susan ging in ihre kleine Küche. »Möchtest du eine Cola?« Sie trank mehr Cola – und mehr Tee und Kaffee – als jeder, den ich kannte. Sie war regelrecht süchtig nach Koffein. Kein Wunder, dass sie schlecht schlief.

Ich schüttelte den Kopf und sprach weiter. »Vielleicht reicht für Telepathie kein normaler PC und man benötigt einen Superrechner.«

»Wie meinst du das?« Sie kehrte mit zwei Coladosen zurück und warf mir eine davon zu. Süchtig eben.

»Na ja, man hat schon von so genannten Telepathen gehört – Leute, die Gedanken lesen können –, aber wenn man mal die Schaumschläger und Betrüger beiseite lässt, bleiben höchstens ein paar übrig, die einen Schimmer von Telepathie zeigen, die möglicherweise sagen können, welche verdeckte Spielkarte man gezogen hat, oder die das Wort erraten, an das man gedacht hat, oder das Gefühl benennen, das man gerade gespürt hat. Mehr aber auch nicht. Es ist eine Art sechster Sinn, nichts weiter.« Ich war richtig in Fahrt gekommen und Susan setzte sich neben mich auf das Sofa. »Aber wenn es sich um einen sechsten Sinn handelt, den wir alle mitbekommen haben und der nur nicht ausgebildet ist, wie funktioniert er? Wir haben offensichtlich kein Organ dafür, so wie die Nase oder die Ohren, also muss er sich irgendwo im Gehirn befinden – und warum nicht im Thalamus? Anscheinend handelt es sich dabei ja um ein ziemlich ausgefeiltes Teil der Maschine.«

»Willst du damit sagen, wir alle besitzen diese Fähigkeit?« Sie fing an meiner Argumentation zu folgen.

»Es muss so sein.« Das war der springende Punkt. »Denn sonst könnten die Babys nicht mit uns kommunizieren. Es ist wie beim Radio. Entscheidend ist nicht, wie stark das Signal ist, du kannst die Musik nur hören, wenn du ein Empfangsgerät besitzt. Vielleicht sind unsere armen kleinen PCs nicht leistungsfähig genug um mehr als ein schwaches Echo des Signals zu empfangen. Aber die Babys haben die Hardware, die dazu nötig ist.«

Susan nickte, bereits halb überzeugt, also fuhr ich fort. »Sieh mal, wir haben es jetzt wochenlang gelernt. Inzwischen können wir beinahe alles aufschnappen, was sie uns mitteilen wollen – Geschmack, Geruch, Gefühle –, solange sie es nur langsam genug übermitteln. Und sie haben uns beigebracht, wie man seine Gedanken bündelt, damit es für sie einfacher ist, unsere Nachrichten aufzufangen. Wir können senden und empfangen – *aber nur, soweit es die Babys betrifft.*« Ich machte die Dose auf und nahm einen Schluck. »An was denke ich gerade?«

Susan zuckte mit den Schultern. »Woher soll ich das wissen?«

»Genau. Du weißt es nicht. Trotz unseres Trainings gelingt es uns nicht, miteinander in Gedankensprache zu reden. Wir haben einfach nicht die nötige Ausrüstung. Es passt alles zusammen.«

»Vermutlich hast du Recht.« Sie lächelte und griff nach der Skizze. Mehrere Augenblicke lang starrte sie darauf, bevor sie aufstand und das Blatt auf den Schreibtisch zurücklegte.

»Nebenbei gefragt, an was hast du denn gedacht?«

Ich nahm noch einen Schluck und hielt als Antwort die Dose in die Höhe. »Ich dachte, wie gut, dass du mir doch eine Cola gebracht hast.« Und dann grinste ich – ein Lächeln unter Süchtigen.

XVI
Der Schlüssel

8. September 1990

Larsen starrte auf die drei Zeichnungen, die auf dem Schreibtisch lagen. Intelligenz war das eine, aber dies hier ... Er hatte die Videofilme des letzten Jahres bereits dutzende von Malen angesehen – und nicht nur er, sondern auch MacIntyre –, aber es gab keine rationale Erklärung dafür. Nie hatte eines der Babys aufgeblickt, während sie malten; nicht einmal um zu sehen, was die anderen machten. Doch *was* sie malten ...

»Eine ortho- was?«

Larsen musste lächeln, als ihm MacIntyres Reaktion einfiel. So erfolgreich er auf seinem eigenen Forschungsgebiet auch war, so begrenzt war MacIntyres Wissen in anderen Bereichen. Er hatte viele Bildungslücken und es machte Spaß, ihm die vor Augen zu halten.

»Orthographische Projektion. Bilder des gleichen Objekts, jeweils von vorne, von oben und von der Seite. Sie sind nur grob skizziert, dennoch wird klar, worum es sich handelt. Dies ist die Seitenansicht eines Stuhls, hier ist der gleiche Stuhl von vorne und da ist er von oben abgebildet. Und die Proportionen stimmen haargenau überein. Wie, zum Teufel, machen sie das?«

Das war nun beinahe ein Jahr her. Und noch immer hatten sie keine Erklärung dafür gefunden. Woher weiß ein siebenjähriges Kind, wie man eine orthographische Projektion erstellt?

Auf keinem der Videos war auch nur das leiseste Anzeichen zu erkennen, dass die Babys sich auf irgendeine Weise untereinander verständigten. Jedes der Kinder blieb so abgeschottet, so »autistisch« wie zuvor, und doch ...

Er nahm eine Zeichnung zur Hand, während seine Gedanken bereits in eine andere Richtung gingen.

Freunde, hatte Phetmany gesagt. Das erste Wort nach sechseinhalb Monaten. Warum gerade *Freunde?* Warum nicht »Tisch« oder »Tür« oder »Kürbis«? Es war sicher falsch, einem einzigen Wort zu viel Bedeutung beizumessen, aber unter diesen Umständen ...

Und dann die Träne. Diese einzelne Träne. Die Babys lächelten selten und weinten so gut wie nie. Bis dahin waren sie völlig unbeeindruckt von ihrer Umwelt gewesen, hatten keinerlei Emotionen gezeigt. Aber dann hatte das Mädchen geweint.

Und wieder tauchte der Gedanke auf, der sich ihm in letzter Zeit häufiger aufdrängte. Eine mögliche Erklärung, die er, als sie vor ungefähr einem Jahr zum ersten Mal aufgekommen war, weit von sich gewiesen hatte.

Telepathie. Parapsychologie.

Völliger Unsinn!

Er war schließlich Wissenschaftler und keiner der so genannten Beweise für dieses Phänomen hielt einer Überprüfung stand. Das alles gehörte in ein Lexikon des Aberglaubens und hatte in einer wissenschaftlichen Veröffentlichung rein nichts zu suchen. Es musste eine andere Erklärung dafür geben.

Das Filmmaterial lieferte keinen Nachweis, der irgendeine Form der Kommunikation nahe legte. Aber die Zeichnungen zeigten, dass diese Kommunikation stattgefunden hatte. Stattgefunden haben musste.

Am Ende war es einfacher gewesen, sich bei der Suche nach dem, was die Babys so anders sein ließ, auf das Konkrete zu konzentrieren, auf die phänomenale Intelligenz, die manchmal zutage trat, und sich Wege zu überlegen, wie man diese Intelligenz steuern und kontrollieren konnte. Und wie man sie für bestimmte Zwecke einsetzen konnte. Es war einfacher, das Unerklärliche zu ignorieren.

Aber dann hatte das Mädchen geweint. Eine Träne – und ein Wort. Und mit einem Mal hatte er begriffen.

Je öfter er die Videoaufzeichnung abspielte, desto klarer wurde es ihm. Der Ausdruck höchster Konzentration, dann der Ansatz eines Lächelns, als das Kind sich wieder entspannte. Und der Hinweis auf Emotionen durch die verräterische Träne ...

20. September 1990

»Er weiß Bescheid. Das ist die einzige Erklärung.« Erik strich sich die widerspenstigen Locken aus dem Gesicht. »Was stellt er wohl dadrinnen mit ihnen an?«

»Woher zum Teufel soll ich das wissen?«, fuhr Susan ihn an und bereute im selben Augenblick ihre harsche Reaktion. Aber sie zeigte nur, wie besorgt sie war. Sie beugte sich vor und ergriff seine Hand. »Es tut mir Leid. Es ist nur ... Ich habe Angst um sie.«

»Ich weiß. Ich spüre es ...« Er berührte sanft ihre Wange. »Ich weiß.«

Der Himmel war wolkenlos, aber draußen vor dem Haus, wo Erik und Susan sich aufhielten, blies der Wind heftig – eine frische Frühlingsbrise, die vom Süden her kam und noch die Erinnerung an den Winter in sich trug. Susan fröstelte in ihrer dünnen Jacke und Erik überlegte, ob es an dem kühlen Wetter lag oder ob es ihre Sorge um die Babys war, die sie zittern ließ. Sie lehnte sich gegen ihn und er legte tröstend einen Arm um ihre Schultern.

In den letzten beiden Tagen hatte die Anspannung immer mehr zugenommen. Genauso lange war es her, seit eine nicht greifbare, riesige Welle von Angst sie alle aus ihrem Schlaf gerissen hatte – so groß, dass sie mit weit aufgerissenen Augen und am ganzen Körper zitternd hochgeschreckt waren. Alle in der Denkfabrik hatten es gespürt und Katie war sogar laut schreiend aufgewacht. Dann ... nichts mehr.

Nach den Wochen eifrigen Lernens und dem intensiven Bemühen um die neue Art der Kommunikation empfanden sie die Gedankenstille umso beunruhigender. Nicht nur, weil sie alle unter diesem Rückzug litten, sondern vor allem, weil sie sich schreckliche Sorgen machten.

Susan ging zu dem alten Eukalyptusbaum, der in der Mitte des Rasens stand. Um den Baumstamm herum und so weit die Äste sich erstreckten, war der Boden kahl. Kein Sonnenlicht war dorthin gedrungen und die Erde war verdorrt. Zerstreut hob Susan ein Stück Rinde auf.

»Wenn ich ihn doch nur dazu überreden könnte, mich hineinzulassen.«

»Vergiss es.« Erik war ihr gefolgt und legte ihr nun behutsam eine Hand auf die Schulter. »Niemand darf da rein außer den ›Fürchterlichen Zwei‹. Was sagen eigentlich die anderen Wissenschaftler dazu?«

»Dieser nutzlose Haufen? Larsen macht mit ihnen, was er will. Er sagt: ›Springt!‹, und sie fragen nur: ›Wie tief?‹ Außerdem hat er alles sorgfältig geplant. Diejenigen, die er nicht mit irgendeiner unsinnigen, aber zeitraubenden Aufgabe betrauen konnte, sind in den Genuss einer Woche Sonderurlaub gekommen. Es muss für sie wie Weihnachten gewesen sein.«

»Was hat er ihnen erzählt?«

Susan pflückte ein vertrocknetes Blatt von einem der niedrigeren Äste. Sie zerdrückte es zwischen den Fingern und ließ die Überreste zu Boden fallen. »Nur, dass er und MacIntyre einige organisatorische Änderungen vornehmen wollten, aber keiner der anderen hierfür anwesend sein müsste.«

»Außer dir.«

»Außer mir, ja. Mich wollen sie hier haben ... für den Fall, dass etwas schief läuft.« Die Angst in ihrer Stimme war unüberhörbar.

»Komm, lass uns zurückgehen«, schlug er vor. »Vielleicht fällt den Kindern ja was ein ...«

»Warum benutzt du nicht deine Karte um hineinzugelangen? Ich wette, wir können sie eine Stunde oder so ablenken, wir müssen uns nur gemeinsam einen Plan überlegen.«

Greg saß in dem Schaukelstuhl in Mikkis Zimmer, die anderen hatten sich im Raum verteilt, auf den beiden Betten und auf dem Fußboden. Susan stand mit Erik neben der Tür.

»Er hat den Zugangscode abgeändert«, sagte sie. »Ohne ihn nützt die Karte gar nichts.«

Chris saß mit übereinander geschlagenen Beinen da. Jetzt erhob er sich und verließ ohne ein Wort zu sagen den Raum.

Lesley, die am Fenster stand, sprach das aus, was alle dachten. »Was macht der Kerl mit ihnen? Es sind jetzt schon zwei Tage vergangen ... und noch immer herrscht Funkstille.«

Gordon legte ihr tröstend die Hand auf die Schulter. Gretel rutschte unruhig auf Katies Bett hin und her, dass der Berg Kissen ins Rutschen kam und wie in Zeitlupe auf den Boden kullerte.

»Sieh mal«, sagte Greg ruhig und hielt beschwörend Lesleys Blick fest. »Er wird ihnen nichts antun. Noch nicht. Nicht, wenn er auch nur die leiseste Ahnung hat, was für ein Potenzial in ihnen steckt. Ich vermute, dass er irgendetwas ahnt und sie mit Beruhigungsmitteln voll gepumpt hat. Vielleicht sucht er nach Methoden um herauszufinden, ob seine Theorie stimmt. Was mich allerdings beunruhigt, ist, dass dieser Scheißkerl alle anderen nach Hause geschickt hat.«

»Warum?« Man vergaß nur allzu leicht, dass Katie die Kleinste der Gruppe und erst zehn Jahre alt war. Bei jedem anderen hätte Susan über die Naivität dieser Frage gelacht. Doch stattdessen ging sie neben dem Mädchen in die Hocke. »Weil es vielleicht ein Zeichen dafür ist, dass er Dinge vorhat, die niemand sonst erfahren darf«, sagte sie ruhig.

Für eine ganze Weile herrschte Schweigen.

Dann ging die Tür auf und Chris kehrte zurück. Auf seiner ausgestreckten Handfläche lag ein kleiner, schwarzer Knopf von der Größe eines Zehn-Cent-Stücks.

»Hier bitte.«

»Hier bitte was?« Erik beugte sich vor und sah Chris über die Schulter.

»Euer Schlüssel um hineinzukommen.« Jetzt hatte Chris die Aufmerksamkeit aller und gönnte sich ein kleines, zufriedenes Lächeln. »Ich habe ein paar von diesen Dingern aufgehoben – der alten Zeiten wegen. Das ist das beste Exemplar.«

»Eine Wanze?«, fragte Greg aus seinem Schaukelstuhl heraus. »Wozu soll die gut sein? Wir wollen sie nicht belauschen, wir wollen irgendwie da reinkommen.«

»Genau.« Chris' Lächeln wurde zu einem breiten Grinsen. »Der Zugangscode ist computergesteuert – ungefähr so wie die PIN-Nummer bei der Bank. Und die Tastatur, auf der man die Nummern eingibt, arbeitet mit elektronischen Impulsen, so wie ein Tastentelefon. Wir müssen also nur dieses niedliche kleine Ding hier an der Unterseite der Tastatur befestigen. Wenn Larsen dann den Code eingibt, zeichnet es die Impulse auf und – bingo! – haben wir den Code.«

Susan lächelte. »Erinnere mich bitte, dass ich kein Geld am Automaten abhebe, wenn du in der Nähe bist. Hast du schon mal daran gedacht, eine Karriere als Gentleman-Dieb einzuschlagen?«

»Klar«, erwiderte Chris und strahlte. »Aber das ist keine echte Herausforderung. Wenn schon, dann möchte ich Point Guard bei den Chicago Bulls werden.«

»Also gut, wann geht's los?« Greg kam mühsam auf die Beine und lehnte sich auf seine Krücken.

»Warum nicht jetzt gleich? Es dauert nur fünf Sekunden um das Ding anzubringen.«

»Worauf warten wir dann noch, Christkind?«

XVII

Susans Geschichte

Sobald die Kinder mit ihrem Ablenkungsmanöver begonnen hatten, schlichen Erik und ich uns hinein. Das Feuer, das sie gelegt hatten, war nicht sehr groß, aber der Rauch war dick und schwarz. Außerdem können sieben Kinder einen ganz schönen Aufruhr veranstalten, wenn sie wollen.

Genau gesagt waren es nur sechs. Chris hatte in einem der kleinen Räume über dem Aufenthaltsraum Posten bezogen. Von dort hatte er einen guten Überblick über den Rasen vor dem Haus und auf das Gebäude, in dem sich die Babys befanden. Er stand Schmiere und hielt mit uns Verbindung über ein winziges Mikrofon, dessen Pendant Erik am Revers seiner Jacke befestigt hatte. Chris' Aufgabe bestand darin, uns rechtzeitig zu warnen, sobald Larsen und MacIntyre zurückkämen. Damit wir rechtzeitig fliehen oder uns verstecken könnten.

Drinnen war es unnatürlich still. Nicht dass es sonst wie auf einem Bahnsteig zuging, aber man konnte durchaus damit rechnen, jemandem in die Arme zu laufen. Das mulmige Gefühl, das ich verspürte, war weniger darauf zurückzuführen, dass wir durch die Gegend schlichen wie Profi-Einbrecher – daran hatten wir uns inzwischen beinahe schon gewöhnt –, sondern eher auf die unbestimmte Angst vor dem, was wir vorfinden würden.

Vor allem aber erschreckte es mich, dass sich absolut nichts rührte. Wochenlang hatte ich die meiste Zeit, die ich mich in diesem Gebäude aufhielt, damit verbracht, eine Art stillen Dialog zu führen. Ich lernte, sie lernten. Wir teilten sehr viel mehr als nur die sterilen Wände, die sinnlosen Tests. Doch jetzt war nichts mehr da. Hier in diesen verlassenen Korridoren empfand ich die Gedankenstille noch tiefer. Tiefer und auch beängstigender.

Erik warf einen Blick in die einzelnen Räume: das Analyselabor, den Seminarraum, das Beobachtungszimmer. Alle waren leer, daher liefen wir weiter den Gang entlang. Und da fanden wir sie. Vier von ihnen.

Larsen hatte im Zimmer der Zwillinge zusätzliche Betten aufstellen lassen und dort lagen sie, mit Medikamenten ruhig gestellt: Pep, Myriam und die Zwillinge. Ricardo fehlte.

Erik untersuchte sie sofort. Was es auch war, das Larsen ihnen gegeben hatte, es war eine hohe Dosis, denn Erik gelang es nicht, sie aufzuwecken.

»Wo ist Ricky?« Erik klang beunruhigt. »Bleib du hier, während ich mich mal umsehe«, sagte er und verließ das Zimmer.

Ich ging zu Myriam. Ihr dunkles Haar war ihr ins Gesicht gefallen. Ich strich es beiseite und schaute sie an. In ihren Gesichtszügen lag kein Frieden, sondern eine furchtbare Anstrengung, so als sei sie mitten in einem Kampf in Schlaf gefallen. Ich berührte ihre Wange. Sie war kalt. Das Mädchen bewegte sich unruhig, rollte sich auf die Seite und rührte sich nicht mehr. Ich hätte sie am liebsten hochgehoben und an mich gedrückt um Leben in den starren Körper zurückzubringen. Und um wieder ihre Gegenwart in meinen Gedanken zu spüren.

War sie mein Liebling unter den Babys? Ich liebte sie alle, aber Myriam hatte etwas ganz Besonderes. Einen herausfordernden Geist voll unstillbarer Wissbegier. Bei den anderen fühlte ich wie eine Mutter, aber mit Myriam verband mich mehr.

»Komm schon, Myriam! Sprich mit mir!« Hatte sie sich bewegt? Da war es wieder. Kaum wahrnehmbar, aber dennoch eindeutig. Die Tür stand offen. Ich sah hinüber und lauschte, ob Erik zurückkäme. Doch alles war still.

Als ich mich wieder dem Bett zuwandte, waren ihre Augen weit offen.

»Myriam?«

Sie starrte mich mit aufgerissenen Augen an. Plötzlich schrie sie laut. Es war der erste Laut, den ich je von ihr gehört hatte. Er gellte in meinen Ohren, dröhnte in meinem Kopf. Ein Aufschrei voller Qual. Ich fühlte das Entsetzen in diesem Schrei wie einen Dolch, den man in meinem Herzen umdrehte.

Jetzt kam auch Leben in die anderen. Pep setzte sich schwankend auf, kämpfte gegen die Wirkung des Beruhigungsmittels an. Rachael rollte sich auf die Seite, mit starren Augen und weit aufgerissenem Mund. Ians Augenlider flatterten. Er hielt sich mit der linken Hand an den Gitterstäben am Kopf des Bettes fest und zog sich hoch. Da erst begriff ich. Myriam weckte sie auf. Sie hatte zwar aufgehört zu schreien, aber der Schrecken stand ihr noch im Gesicht.

»Myriam! Was ist los? Was ist passiert?«

Ricardo. Die Gedankensprache drang zu mir durch, wenn auch sehr schwach. *Ricardoist ... weg.*

»Weg? Was meinst du damit?«

Ichwirkönnenihnnicht ... fühleneristweg.

XVIII
Ricky

22. September 1990, 2.30 Uhr morgens
Der Schrei hallte durch den Gang und Erik blieb, die Hand
am Türgriff, wie erstarrt stehen. Er drehte sich um und
wollte schon zurücklaufen, doch dann hielt er inne. Durch
den schmalen Türschlitz unten an einer Tür drang ein blas-
ser Lichtschein hervor.

Er lauschte. Das Echo des Schreis in seinem Kopf erstarb und
es herrschte wieder Stille. Er sah zu dem Lichtschein unter
der Tür.

Susan hatte ihn nicht gerufen und instinktiv wusste er, dass
sie es getan hätte, wenn etwas Schlimmes geschehen wäre.
Vorsichtig öffnete er die Tür und ging hinein.

Der Lichtschein kam von einer kleinen Untersuchungslampe,
die an einem schwenkbaren Arm von der Decke hing und auf
das einzige Bett in der Mitte des spärlich möblierten Raumes
gerichtet war. Jemand hatte den Lampenschirm zur Wand
gedreht, damit der Lichtkegel nicht direkt auf das Bett traf
und das Zimmer nur von einem sanften, die cremefarbenen
Wände reflektierenden Lichtschein erhellt wurde.

Ricardo lag in seinem Bett. Seine Augen standen weit offen.

»Ricky. Ich bin ja so froh ...« Die Worte blieben Erik im Hals
stecken. Das Kind *konnte* ihn ja gar nicht sehen.

Eriks Herz machte einen Satz und Angst kroch in ihm hoch. Doch da bemerkte er, wie Ricardos schmale Brust sich ganz leicht hob und senkte, und er atmete erleichtert die Luft aus, die er die ganze Zeit über angehalten hatte.

Ricardo war schon immer der Kleinste unter den Babys gewesen, aber jetzt, so schien es, war er vollends geschrumpft. Wie er da so vollkommen regungslos in der Mitte des glatten, nicht im Geringsten zerwühlten Bettes lag und ins Nichts starrte, lag in seinem Blick eine furchtbare Leere ... ein Fehlen von Leben.

Es war viel schlimmer als sonst. Die Leere in seinem Blick ging weit über das hinaus, was bei den Babys als normal galt. Ricardos Körper lag zwar auf dem Bett, er atmete, sein Herz pumpte das Blut durch die Adern. Möglicherweise funktionierten auch seine Reflexe. Aber das war nur der Körper. Ricky selbst war nicht da.

... dukannstnichtes ... istnichtderrichtigezeitpunkt.

»Was meinst du mit ›nicht der richtige Zeitpunkt‹? Du hast doch gesehen, was diese Mistkerle mit Ricky angestellt haben ...« Erik blickte Myriam fest in die Augen. Das Mädchen reagierte darauf, indem es sich umdrehte und eine Hand auf Ricardos Schulter legte.

Susan und die anderen Babys waren zu Erik in das Zimmer gekommen, in dem Ricardo lag.

Ichwirsehen ... ichwirfühlenaber ... esistfalschgefühlsmäßigzu ... handelnwirmüssenerst ... genauüberlegen ...

»Überlegen! Das tue ich schon die ganze Zeit! Ich überlege mir, ob ich diesem Kerl nicht den Hals umdrehe.«

Wennesetwas ... nützenwürdedann ... würdenwires ... fürdichtun ... ichwir ...

»Erik, ich weiß, worauf sie hinauswill«, warf Susan ein. Sie verließ ihren Platz an Ricardos Bett und ging zu Erik und nahm sanft seine Hand in ihre. Er hielt ihren Blick fest, während sie weitersprach. »Natürlich würdest du Larsen am liebsten das geben, was er verdient, ihm und MacIntyre. Aber was hätten wir dann erreicht? Wäre Ricky damit geholfen?«

»Vermutlich nicht.«

»Ganz sicher nicht. Man würde dich sofort feuern, und wenn sie erst einmal dich in Verdacht haben, dann dauert es nicht lange und sie kommen auch mir auf die Spur. Dass wir zusammen sind, ist nicht gerade ein Staatsgeheimnis. Also werden sie auch mich feuern. Und wer steht dann den Kindern bei? Wer wird sie beschützen?«

»Ja, hab schon verstanden.« In Eriks Ton schwang Bitterkeit mit. »Aber was das Beschützen angeht, waren wir bis jetzt ja nicht gerade erfolgreich.«

»Sie haben uns überrumpelt. Wir müssen aufpassen, dass uns das nicht noch einmal passiert.«

»Genau, und ich weiß auch schon, wie. Wir lassen die ganze Sache hier auffliegen. Wir stoppen ihn ein für alle Mal ...«

Neindaskannstdunicht.

Die Kraft von Myriams Botschaft ließ die Worte in seinem Kopf explodieren.

Neindasdarfstdunicht.

Bittenichtdu ... verstehstnicht.

Das waren Pep und Rachael. Ihre tiefe Angst überfiel Erik so plötzlich, dass ihm der Kopf schwirrte.

»Aber er wird euch umbringen. Er wird ...«

Wirwärenlieber ... tot ... susanbitte ... ihrmüsstverstehen ...

»Ich verstehe euch. Erik, wir müssen von hier aus agieren. Es ist ihre einzige Chance. Du kannst das, was hier vor sich geht, nicht an die Öffentlichkeit bringen, nicht einmal um ihr Leben zu retten.«

»Bist du verrückt geworden? Ich werde nicht zulassen ...«

»Ich bin nicht verrückt.« Ihr Blick glitt zu den Babys, die am Fußende von Ricardos Bett standen. »Und sie sind es auch nicht. Aber die Welt da draußen, die ist verrückt. Denk doch mal nach! Was passiert, wenn du das Projekt hochgehen lässt? Was geschieht mit den Babys? Ich werde es dir sagen. Entweder schaffen sie sie wieder nach Hause oder sie geraten an jemanden anderen. An jemanden, der ihr Geheimnis kennt. Und der möglicherweise noch schlimmer ist als Larsen.«

»Wir können dafür sorgen, dass sie nach Hause gebracht werden. Sie –«

»Aber sie *wollen* nicht nach Hause! Verstehst du denn nicht? Sie haben ihre Einsamkeit, ihre Abschottung von dieser ganzen verdammten Welt nur deshalb so lange ertragen, weil sie es nicht anders kannten. Abgesehen von den Zwillingen kannten die Babys nur ihre völlige Isolation hinter dem Schild. Doch jetzt haben sie Gemeinsamkeit erfahren. Sie *können* nicht wieder zurück. Es wäre für sie schlimmer als der Tod. Viel schlimmer. Du kannst sie nicht wieder zu einem Leben der Gedankenstille verdammen. Außerdem, was bringt dich auf die Idee, dass man sie in Ruhe lässt? Larsen würde seine Ergebnisse veröffentlichen. Er giert nach persönlichem Ruhm. Und wenn ihr Geheimnis erst einmal gelüftet ist ... Wissenschaftler werden Tests mit ihnen machen, von denen Larsen nicht einmal geträumt hätte. Sie sind nicht einfach Kinder, sie sind Rätsel, die man lösen muss. Du glaubst doch nicht allen Ernstes, dass man sie in Frieden ließe, nur weil wir so nett darum bitten? Wir haben es mit Wissenschaftlern zu tun! Diese Leute sehen es geradezu als ihre Aufgabe an, den Frieden der Menschen zu stören, wenn es darum geht, Antworten auf ungelöste Fragen zu finden.«

»Du legst eine ziemlich zynische Haltung gegenüber deinen Kollegen an den Tag.«

»Es sind Naturwissenschaftler. Ich bin Psychologin. Ich versorge sie lediglich mit Daten ...« Sie warf den Kindern neben dem Bett einen Blick zu. »Und versuche den Scherbenhaufen aufzulesen, wenn etwas schief gelaufen ist. Aber vergiss für einen Augenblick mal diese Leute. Wie, glaubst du, wird der

Durchschnittsbürger auf der Straße reagieren, was wird Lieschen Müller dazu sagen, wenn sie von den Babys erfährt? Verdammt noch mal, einige unserer lieben Mitmenschen hier drehen ja schon durch, wenn sie nur an die Flüchtlinge denken, die zu uns kommen. Oder an den neuen Nachbarn, dessen Name auf einen Vokal endet.« Sie verstärkte den Griff um seine Hand, dann zog sie sie an ihre Lippen und drückte einen Kuss darauf. »Du weißt, dass ich Recht habe.« Er nickte widerstrebend und Susan seufzte erleichtert. »Egal, was wir unternehmen, es darf nichts geschehen, was sie aufschrecken könnte.«

»Aber was ist mit Ricky?«

Beide traten an das Bett und sahen auf den regungslosen Jungen hinunter.

... Im Innern herrschte Dunkelheit. Kein Licht, kein Geräusch. Kein Gefühl. Nur der Verstand.

Er hatte sich hinter dem Schutzwall versteckt. Dort kauerte er, gepeinigt von der Erinnerung an den Lärm, der seinen ungeschützten Verstand überschwemmt hatte und der an seiner Seele zerrte. Er war allein, ohne Schutz; verloren in einer endlosen Ödnis, einer grenzenlosen Weite. Kein Platz um sich zu verstecken. Kein Platz um dorthin zu fliehen.

Deshalb hatte er sich nach innen gewandt, war tiefer und tiefer gedrungen. Da ihm die Kraft fehlte, den Lärm von sich fern zu halten, hatte er sich zurückgezogen. Er hatte sich durch die Schichten seines Verstandes gegraben, durch das Wissen, das Erinnern, das Fühlen – das Wollen. Zu einem Ort, der jenseits der Gedanken lag, einer primitiven Zelle des eigenen Ichs. Der Sitz des Überlebens. Der einzige Platz in seinem tiefsten Inneren, den der Lärm nicht erreichen konnte. Und dort blieb er.

Die äußere Hülle seines Körpers funktionierte weiterhin. Ganz vage nahm er seinen eigenen Puls wahr, das Ein und

Aus seines Atems, das Rauschen seines Blutes. Ganz vage.
Aber es gehörte nicht länger zu ihm.
Hier war er sicher. Bis hierher konnte ihm der Schmerz nicht
folgen. Hier konnte er denken und sein. Und erinnern.
Und das tat er. Er erinnerte sich. An den Augenblick, als Lar-
sen mit den Spritzen hereinkam. An die Welle des Entsetzens,
die den Schild auseinander riss, als er selbst und die anderen
in Larsens Gedanken dessen Absicht lasen. Pep war die Erste,
dann die Zwillinge und schließlich Myriam, die sich vergeb-
lich wehrte, bevor auch bei ihr die Nadel eindrang und der
kalte Strom des Schlafes sich langsam ausbreitete.
Ricardo spürte, wie einer nach dem anderen ihn verließ und
von ihm wegdriftete, bis sie nicht mehr Teil eines Ganzen wa-
ren, bis der Schild der Gemeinsamkeit sich auflöste und er al-
lein zurückblieb. Ganz allein.
Der Lärm war genau so überwältigend, wie er ihn von früher
in Erinnerung hatte. Doch noch konnte er seinen eigenen
Schild aufrechterhalten.
Larsen hatte ihn aus dem Zimmer geführt und er war mit
ihm gegangen. Und dann lag er in dem Bett und fühlte, wie
die Nadel kalt durch die Haut fuhr, in die Vene eindrang und
der Inhalt der Spritze durch seine Adern rann. Er wartete
darauf, dass auch ihn der Schlaf übermannte, aber nichts ge-
schah. Er fühlte sich schläfrig, aber er schlief nicht ein.
Stattdessen merkte er, wie seine Willenskraft schwand und
sein Widerstand bröckelte. Ein kleines, blendendes Licht
schien in seine Augen. Erst in das eine, dann in das andere.
Der Schild erbebte, als willkürliche Lärmkaskaden auf ihn
einprasselten. Er lehnte sich dagegen auf, aber die Spritze
hatte ihren Zweck erfüllt. Sie hatte ihn seines Willens be-
raubt und ihn verwundbar und nackt inmitten eines rasen-
den Sturms der Gedanken zurückgelassen.
Unmittelbar bevor der Schild zusammenbrach und ihn zu
dem verzweifelten Rückzug in sich selbst zwang, hörte er die

Stimme. Larsens Stimme, die ganz nah an seinem Ohr flüs-
terte: »*Und jetzt, Ricardo Munoz, wirst du mir erzählen, wie*
du funktionierst …«

»Verfluchtes Natriumpentothal! Was, zum Teufel, will er damit bezwecken?« Susan brütete über Rickys Krankenakte,
die aufgeschlagen auf ihrem Schreibtisch lag. Sie schüttelte
ungläubig den Kopf und sagte leise: »Oh Ricky! Was hat er
nur mit dir gemacht?«

»Was ist los?« Mit einem Stoß Kopien in der Hand kehrte
Erik vom Fotokopierer zurück. »Hast du was entdeckt?«

»Ja, und ich wünschte, ich hätte es nicht getan.« Mit ihren
Fingerspitzen massierte sie ihre Schläfen um die wachsende
Anspannung wegzureiben. »Dieser verdammte Idiot. Er
hatte nicht die geringste Ahnung …«

»Und ich auch nicht. Was hat er denn gemacht?«

»Er hat Ricky Natriumpentothal gegeben.«

»Ja, und weiter?«

»Und weiter? Weißt du, worum es sich bei dem Zeug handelt? Weißt du, wie es wirkt?«

»Wärst du überrascht, wenn ich nein sage?« Erik versuchte
ein etwas schiefes Lächeln, und obwohl sie zornig und voller
Sorge war, lächelte sie zurück.

»Du tust mir gut, weißt du das?«

Er berührte sanft ihr Haar und sie sprach weiter. »Man nennt
es auch ›Wahrheitsdroge‹. Es wird inzwischen kaum noch
eingesetzt, denn es ist nicht sehr zuverlässig. Wenn man jemandem genug davon gibt, fällt er unvermittelt in den Schlaf.
Ist die Dosis geringer, dann setzt es die Hemmschwelle herab
und der Betroffene kann seine Gedanken nicht mehr verbergen, keine Geheimnisse mehr bewahren. Darum haben sie es
früher auch eingesetzt um von Verdächtigen Geständnisse zu
erzwingen. Larsen ist offenbar der Meinung, er könnte auf
diese Weise aus Ricky etwas herausbekommen …«

»Aber was ist so gefährlich daran? Wenn man es schon früher angewendet hat ...«

Susan ging zum Kopiergerät. »Für jemanden wie dich oder mich ist es nicht gefährlich. Und selbst für Ricky hätte es keine Gefahr bedeutet, wenn die anderen Babys bei Bewusstsein gewesen wären.« Sie legte die Akte auf den Kopierer. Erik stellte sich neben sie. »Überleg doch mal. Gemeinsam sind die Babys in der Lage, den Schild aufrechtzuerhalten. Und während sie ihn nach außen aufrichten, können sie sich innerhalb des Schilds untereinander verständigen, ja sogar mit uns Kontakt aufnehmen. Doch einer allein, ohne die anderen ... Allein auf sich gestellt, ist Ricky wieder darauf angewiesen, seinen eigenen Schutzwall zu errichten um den Lärm abzuhalten.«

»Aber das dürfte doch kein Problem für ihn sein. Schließlich hat er das früher auch schon gemacht.«

»Richtig. Aber das funktioniert nicht, wenn Larsen ihn mit dem Wahrheitsserum voll pumpt. Du oder ich, wir würden uns nur schläfrig fühlen und keine Lügen mehr erfinden können ... oder besser gesagt, nicht mehr die nötige Willenskraft dazu haben. Aber verstehst du denn nicht? Ricky braucht diese Willenskraft. Unbedingt. Denn darum geht es bei dem Schild. Er besteht aus bewusster Willenskraft. In dem Augenblick, in dem die Droge ihre Wirkung entfaltet, ist es aus damit. Der Lärm muss ihn wie eine Lawine überrollt haben. Gott allein weiß, was mit dem Verstand des armen Kleinen passiert ist. Wenn er überhaupt noch einen hat ...«

Die Kopien waren fertig. Susan sammelte die Papiere ein, legte sie im Ordner ab und stellte ihn wieder auf den Schreibtisch zurück.

XIX
Eriks Geschichte

Natürlich war es Myriam. Wenn überhaupt jemand herausfinden konnte, was in Rickys Kopf vor sich ging, dann sie.

Wir verließen das Gebäude gerade noch rechtzeitig. Sobald sie einen Feuerlöscher aufgetrieben hatten, der funktionierte, brachten Larsen und MacIntyre das Feuer rasch unter Kontrolle. Doch die Kinder hatten sich noch eine Reihe weiterer Ablenkungsmanöver ausgedacht um die beiden auf Trab zu halten. Als Chris schließlich eine Warnung durchgab, waren wir bereits auf dem Rückzug und die Babys lagen wieder in ihren Betten und taten, als schliefen sie.

Susan war sehr still. Ich wusste, dass ihr Verstand auf Hochtouren arbeitete. Sie hatte sich von ihrem Schock erholt und war bereits vollauf damit beschäftigt, eine Lösung zu suchen. Sie hatte ihre Stirn gerunzelt und kaute auf der Unterlippe.

»Er ist noch am Leben. Das bedeutet, dass sein Geist sich irgendwohin zurückgezogen hat, oder nicht?«

Ich hätte gerne mit ja geantwortet um sie zu bestärken, aber eine falsche Sicherheit half ihr nicht weiter. Ebenso wenig half es Ricardo. Wir brauchten einen Plan. Wir mussten eine Möglichkeit finden um ihn zurückzuholen – wenn es noch etwas gab, das man zurückholen konnte.

Ich sah sie an. Die Tränen hatten ihr Augen-Make-up verschmiert und ihr Haar war vom Wind zerzaust, der jetzt noch stärker wehte als zuvor. Man konnte ihr die Seelenqual ansehen und ich glaube, ich liebte sie nie mehr als in diesem Augenblick.

»Ich weiß nicht, was es bedeutet.« Ich war so ehrlich, wie ich es über mich brachte zu sein. »Aber wenn es Ricardo noch gibt, dann hat er sich gut versteckt. Keines der Babys konnte ihn erreichen. Susan, du solltest dich mit dem Gedanken vertraut machen, dass er ... gegangen ist. Atem, Herzschlag, selbst Reflexe ... das alles sind keine bewussten Lebensfunktionen. Sie können selbst dann noch vorhanden sein, wenn der Gedankenlärm sein Bewusstsein bereits völlig zerstört hat.«

Ich sah, wie eine Träne über ihr Gesicht lief, aber dann drehte Susan sich von mir weg, holte tief Luft, und als sie sich mir wieder zuwandte, waren ihre Augen fast trocken.

»Aber es gibt noch eine Chance. Und solange wir die noch haben, müssen wir alles tun, um ihn zurückzuholen. Myriam wird einen Weg finden, verlass dich darauf.«

Es gab nichts, was ich noch sagen konnte. Susan war nicht dumm. Sie wusste, wie die Chancen standen. Alles, was wir tun konnten, war abzuwarten. Auf das zu warten, was Myriam sich ausdachte. Und auf Larsens nächsten Schachzug.

Wir benutzten den Hintereingang um in das Hauptgebäude zurückzukehren. Rauchgeruch lag in der Luft und jemand hatte alle Fenster und Türen aufgerissen. Die Vorhänge des Aufenthaltsraumes blähten sich im Wind, als wir das Zimmer betraten. Alle Mitglieder der »Denkfabrik« hatten sich dort versammelt, aber niemand sagte etwas. Sie warteten auf uns. Ich warf Susan einen Blick zu. Sie nickte. Ich wusste nicht genau, was ich sagen sollte, aber die Stille wurde langsam unerträglich, also fing ich an zu reden. Welche Worte ich benutzte, weiß ich nicht mehr, aber es dauerte nicht lange und ich hatte ihnen das Wesentliche mitgeteilt. Ich schwieg und wieder breitete sich Stille aus.

Dann ergriff Greg das Wort. Auf seine Krücken gestützt, stand er am Fenster und starrte zu dem Gebäude hinüber, in dem sich die Babys befanden. Als er sprach, klang seine Stimme wie von sehr weit her. Der ironische Unterton, mit dem er der Welt sonst immer begegnete, war verschwunden. Aber da war auch keine Bitterkeit, keine Aggression. Er sprach ruhig und überlegt.

»Wir müssen den Plan abändern. Wenn die Babys nicht nach Hause wollen, müssen wir einen Weg finden, wie wir sie beschützen und sie gleichzeitig zusammenbleiben können.«

Mir fiel auf, dass er Ricky mit keinem Wort erwähnte. Das war typisch für ihn. Wenn er für etwas keine Lösung hatte, wenn da etwas war, dem er nicht ins Auge sehen konnte, dann existierte es einfach nicht. Jedenfalls so lange nicht, bis er dafür bereit war und mit einer Problemlösungsstrategie aufwarten konnte.

Auch Susan war das nicht entgangen. Sie drückte kurz meine Hand, für den Fall, dass ich dumm genug sein sollte um eine entsprechende Bemerkung zu machen. Ich bin vielleicht nicht der Gescheiteste, aber so blöd bin ich nun auch nicht. Ich sah sie also nur an und lächelte leicht.

»Und wie stellen wir das an?«, kam es von der anderen Seite des Raums. Chris saß auf einem Trainingsrad. Er trat nicht in die Pedale, sondern saß einfach nur da. Das machte er häufig: Greg die richtigen Stichworte liefern. Er wusste, dass er damit ein Feuerwerk der Ideen zum Zünden brachte, denn der Satz »Ich weiß es nicht« kam in Gregs Wortschatz nicht vor. Immer musste er eine Antwort parat haben und damit zumindest eine fruchtbare Diskussion in Gang bringen. So auch diesmal.

»Als Erstes müssen wir sicherstellen, dass Larsen keine weiteren Experimente mit ihnen durchführt. Was glaubt er eigentlich, wen er vor sich hat? Laborratten?« Für einen kurzen Moment verlor Greg seine Selbstbeherrschung, doch sofort hatte er sich wieder in der Gewalt. »Und wir müssen einen Weg finden, wie Susan und Erik da hineingelangen können. Und zwar auf Dauer. Hat jemand eine Idee, wie?«

Ichwirhabeneine ... Es war Pep.

Alle sprachen gleichzeitig, es war wie eine Explosion.

»Pep, geht es dir gut?«

»Wir haben uns solche Sorgen gemacht!«

»Was ist mit Ricky? Ist er ...«

Alle fragten durcheinander, brachten ihre Ängste zum Ausdruck, bis Greg, zielgerichtet wie immer, dem Durcheinander ein Ende setzte: »Und wie lautet eure Idee?«

Wirwerdenlarsenauffordern ... siezurückzuschickener ... wirdaufunshören.

»Ihr wollt mit ihm *sprechen*?«

Nichtdirekt ... wirwerdenihndazubringen ... wirwerdeneinen ... köderfürihnauslegen ... rachaelundian ... habenbereits ... angefangen ... ichwerdeihnenhelfen ...

»Wie?«

Wirspielen ... seineigenesspiel ... wirgebenihm ... waserhabenwill.

Neue Fragen taten sich auf. Die Erklärungen der Babys waren nie richtig eindeutig. Wörter waren für sie eher hinderlich. Es ging in erster Linie darum, sich überhaupt zu verständigen.

Nur Mikki hatte die ganze Zeit über geschwiegen. Ein merkwürdiger Ausdruck lag auf ihrem Gesicht, als sie fragte: »Du sagtest Rachael und Ian. Was ist mit Myriam? Kann ich mit ihr sprechen?«

Myriamist ... nichtda ... sogarwirkönnen ... sienichterreichen ... siehatsichauf ... diesuchenachricardogemacht ...

XX

Tief unten

22. September 1990

Sie machte sich auf den Weg in die Tiefe. Immer weiter grub sie sich nach unten, durch die Schichten des Verstandes.

Ihr Bewusstsein war hellwach und auf das eine Ziel gerichtet. Wie eine Nadel durchdrang es zuerst die oberste Schicht seines Verstandes, dort, wo die Gedanken blitzschnell von Zelle zu Zelle, von Synapse zu Synapse sprangen. Die Gedanken und das Wissen. Das Erlernte. Es kreiste, wartete. Ein Meer willkürlich zusammengestellter Bilder, eine uferlose Menge an Informationen, die sein Geist nur aufrufen musste, und schon standen sie zur Verfügung. Diesen Teil von ihm hatte sie gesucht.

Die Bilder wirbelten durcheinander, Gedanken flossen dahin, ohne Bezug, ohne Richtung. Und für einen Augenblick, eine Ewigkeit beinahe, ließ sie sich ziellos zwischen ihnen treiben, tauchte in sie ein und ließ sie in sich eindringen. Einige erkannte sie wieder, sie waren wie eine undeutliche, aber seltsam vertraute Erinnerung. Déjà vu: Gedanken, die sie irgendwann einmal mit ihm geteilt hatte.

Andere waren unbekannt, unerinnert. Merkwürdige, mitunter irritierende Vorstellungen von dem Leben vor ihrer Gedankengemeinsamkeit. Angst und Schmerz, Schreie der Ent-

täuschung. Und Zorn. Ein Zorn, der nie Teil jenes Ricardo war, den sie kannte und mit dem sie die Verbindung einge-gangen war.

Die Zeit hörte auf zu existieren. Denn in diesem Strom zu treiben, in ihm aufzugehen, ohne sich jedoch völlig in ihm aufzulösen, war etwas jenseits von Zeit. Es wäre so leicht, sich einfach nur dahintreiben zu lassen, ohne Ziel, wie die vielen Fragmente dessen, was Ricardo einmal gelernt und in sich aufgenommen hatte ...

Doch das hieße aufhören, zu sein!

Ganz plötzlich gab etwas tief in ihr einen lautlosen Warn-schrei von sich. Dieser Weg führte ins Nichts. Er war gleich-bedeutend mit dem Verlust des eigenen Ichs, kam der völli-gen Willensaufgabe gleich. Dieser Weg führte nicht in den Tod, er führte in das Nichtleben, wo die Seele auf ewig zwi-schen Gedanken gefangen war, nicht mehr zu einem selbst gehörte, sondern sich aufteilte, bis sie ihr eigentliches Wesen verloren hatte.

Mit äußerster Willensanstrengung gelang es ihr, die Kon-trolle über sich wiederzugewinnen und weiterzugehen; zu einer Schicht vorzudringen, die tiefer als die Gedanken und Erinnerungen lag.

Viel tiefer ...

»Ich brauche Ihre Hilfe.« Larsen stand in der Tür und wischte sich mit einem Taschentuch über die Stirn. »Bei den Babys geht irgendetwas vor sich.«

Er wirkte leicht verunsichert – was sehr ungewöhnlich für je-manden war, der immer so überlegen und so kontrolliert zu sein schien. Susan macht einen Schritt beiseite und ließ ihn eintreten. Erik erhob sich, als Larsen ins Zimmer kam, und für einen kurzen Moment schien der Wissenschaftler über-rascht. Doch dann fing er sich rasch wieder.

»Ich möchte, dass Sie mit mir hinübergehen und sie sich ansehen. Besonders Ricardo und Myriam. Sie scheinen beide in ein neues ... Stadium getreten zu sein.«

Er lässt nicht das Geringste raus. Er versucht dich zu täuschen.

Susan sah ihm direkt in die Augen und registrierte den Ausdruck der Unsicherheit, ja der aufkommenden Panik.

Nein, er wird nichts verraten. Nicht, bevor er gehört hat, was du zu sagen hast.

Als Larsen wegsah, erhaschte Susan einen Blick von Erik, der ihr mit einer Geste und einer lautlosen Lippenbewegung etwas zu verstehen geben wollte. Während sie noch überlegte, was er damit gemeint haben konnte, hörte sie sich sagen: »Ich bin in ein paar Minuten da.« Und nach einer kurzen Pause: »Sie müssen mich an der Tür erwarten. Ich habe den neuen Zugangscode nicht.«

Erik hustete leicht um ein Lächeln zu kaschieren.

Larsen ging zur Tür. »Lassen Sie sich Zeit. Ich möchte nur gern Ihre Meinung dazu hören.« Dann war er verschwunden.

»Er ist clever«, sagte Erik und ging zu ihr. »Er hat mit keinem Wort die Zwillinge oder Pep erwähnt. Und dass er Nadeln in wehrlose kleine Kinder sticht, wird er ebenfalls nicht verraten, da wette ich hundert zu eins. Also, Kopf hoch! Und denk daran, er wird jede deiner Bewegungen misstrauisch beäugen und auf Video aufzeichnen. Besonders nach der kleinen Show, die die Kinder für ihn abgezogen haben.« Er schwieg für eine Weile. Dann schlang er seine Arme von hinten um sie und gab ihr einen zarten Kuss auf ihr Haar. »Ich mache mir langsam Sorgen um Myriam. Wie lange ist es jetzt her?«

Susan sah auf ihre Armbanduhr. 9.37 Uhr. »Beinahe achtzehn Stunden. Das ist eine lange Zeit. Hoffentlich ist das kein schlechtes Zeichen.«

»Wer weiß? Es ist unbekanntes Terrain. Niemand hat das zuvor versucht. Ich weiß nicht einmal genau, was sie eigentlich vorhat. Und die anderen haben keinen Kontakt zu ihr. Myriams Gedankenmuster verschwand in dem Augenblick, als sie den Weg nach innen antrat. Wir können nichts anderes tun als abwarten ...«

»... und beten.«

»Und den nächsten Schritt unseres Plans in Angriff nehmen. Wir müssen einfach davon ausgehen, dass sie Erfolg haben wird.«

Alles andere war undenkbar. Susan wandte sich zu ihm um und sah ihn an. Ihre Augen glänzten feucht.

»Halt an diesem Gedanken fest.« Sie küsste ihn zärtlich und öffnete die Tür.

Draußen wehte ein kalter Wind und die Sterne leuchteten kühl von einem klaren, samtschwarzen Himmel herab.

Tiefer ...

Gefühle schlugen ihr wie Sturmböen entgegen. Hier gab es keinen Gedanken. Keine gelehrte Antwort. Keine Früchte höherer Vernunft. Hier war nur Emotion: roh, primitiv, erschreckend. Wie einfach es war, im Strudel mitgerissen zu werden. Die Gefühle waren überwältigend. Liebe. Hass. Furcht, so groß und tief, dass sie am liebsten aufgeschrien hätte, einen lautlosen Gedankenschrei, der sein Echo fand im Wirbelwind der Gefühle, in einem Orkan, der sie verschlang und an ihr zerrte, sodass sie meinte, die Kontrolle über sich zu verlieren. Hier unten herrschten die Ahnen, die nur ihren Instinkten folgten und jeden Hunger stillten.

Aber auch hier war er nicht.

Also ging sie weiter, grub sich in die Tiefe, an einen Ort jenseits aller Gedanken, jenseits aller Gefühle. Zurück in ein Zeitalter des nackten Überlebens. Zu einem Ort, an dem das reine Selbst regierte.

Larsen ließ sie in den Beboachtungsraum und deutete auf die Glasscheibe. Die drei Babys saßen an einer Ecke des großen

128

Tisches, hielten ihre Köpfe gesenkt und schrieben etwas auf Papier.

»Was schreiben sie da?«

Larsen sah nervös aus. »Ich werde es Ihnen gleich zeigen ... doch zuerst möchte ich Sie bitten mitzukommen.« Er führte sie nach draußen und sie gingen den Korridor entlang zu Myriams Zimmer. Larsen stieß die Tür auf und sie traten ein.

Susan zog scharf die Luft ein. Es war schlimmer, als sie sich vorgestellt hatte. Viel schlimmer. Wie bei Ricky standen die Augen des kleinen Mädchens weit offen. Auch ihr Mund war geöffnet, so als hätten die Muskeln in ihrem Gesicht ihre Funktion aufgegeben. Aber die blicklosen Augen waren es, an die Susan sich später immer wieder mit einem Schauer des Entsetzens erinnern würde.

Für einen kurzen Moment stellte sie sich vor, was für ein Grauen das sein musste: gefangen zu sein in einem ausgehöhlten Verstand oder, schlimmer noch, durch die zerstörerische Macht des Gedankenlärms verrückt zu werden. Eingesperrt in einer Falle, ohne einen Weg nach draußen. Sie kämpfte gegen den Wunsch, zum Bett zu laufen und das Kind in die Arme zu nehmen.

»Seit gestern befindet sie sich in diesem Zustand«, fing Larsen an zu erklären. »Seither hat sie nicht die geringste Reaktion gezeigt. Und bei dem kleinen Munoz ist es genau das Gleiche. Glauben Sie, dass wir hier ein neues Stadium des Syndroms vor uns sehen?«

»Welches Syndrom?«, fragte sie sofort und im gleichen Moment merkte Larsen, dass er unbewusst seine Gedanken laut ausgesprochen hatte. Er stammelte: »Ihr Zustand ... ich meine ... « Er ging in Richtung Tür. »Kommen Sie doch mit und sehen Sie sich auch noch den Jungen an, dann erkläre ich Ihnen alles ...«

Ganz bestimmt wirst du das ... und die Zahnfee kriegt eine Zahnspange.

Mit Mordlust im Blick folgte Susan dem glatzköpfigen Mann.

Und zuletzt, ganz in der Tiefe, fand sie ihn.
Bei den Wurzeln des eigenen Ichs. Dort, wo Hunger und Verlangen wohnten, wo die primitiven Instinkte von abermillionen Jahren lauerten – begraben, unsichtbar und dennoch mächtig. Die ganze Zeit über waren sie da, während der Geist sich fortentwickelte, Gefühle erblühten, während Erinnerungen und Vernunft und Zivilisation das Zepter übernahmen.
Dort fand sie ihn. Er hatte sich all dessen entledigt, was er einmal gewesen war. Um Sicherheit zu finden hinter diesem Wall. Es war ein Anklammern an den Kern des eigenen Ichs. Vor dem Angriff des Gedankenlärms hatte nur diese letzte Barriere Stand gehalten. Die Verteidigungsanlagen des Verstandes waren dem Ansturm zum Opfer gefallen, Gefühle waren verdorrt und fortgeschwemmt worden: Liebe, Hass, ja selbst Furcht. Alle waren sie zu schwach, zu zivilisiert. Nur dies hier trotzte dem Gegner. Es war der Urgrund eines jeden Lebens: der Drang zu sein und zu überleben. Der primitivste Teil seiner Selbst zwar, aber auch das Einzige, das den Gedankenlärm zurückhielt.
Ricardo lebte.
Zwischen den urwüchsigen, weit in die Zeit zurückreichenden Trieben konnte Myriam einen Funken seiner Selbst erspüren; und es war seine Seele, die Myriam unaufhaltsam an sich zog ...

»Was ist passiert?«
Sie standen an Rickys Bett und starrten auf seinen leblosen Körper hinab.
»Um ehrlich zu sein, ich weiß es nicht. Wir haben nichts gemacht ...« Er zögerte.

Susan sah ihn fordernd an. An seiner Miene konnte sie seinen inneren Konflikt ablesen. Sollte er das Geheimnis wahren oder sollte er es aufdecken? Auf der einen Seite stand sein Stolz, auf der anderen Seite die Erkenntnis, auf Susans Hilfe angewiesen zu sein. Letzteres siegte.

»Wir haben nichts getan, was eine solche Reaktion herrufen könnte.« Es schwang ein bittender Tonfall mit, den Susan geflissentlich ignorierte.

»Was haben Sie gemacht?« Sie verlangte Antworten. Und er gab nach.

»Natriumpentothal. Nur eine winzig kleine Dosis. Gerade genug um seinen Widerstand zu schwächen. Seinen Widerstand unseren Fragen gegenüber. Die Babys haben Anzeichen gezeigt ...« Wieder brach er ab. Doch er war schon zu weit gegangen um jetzt noch einen Rückzieher zu machen. »Sie haben ja selbst einige davon gesehen. Zuerst konnte ich es nicht glauben. Mein Verstand weigerte sich. Aber es war unbestreitbar so, dass eine Art von ... abnormaler Kommunikation ...«

»Sprechen Sie von Telepathie?«

»Ich bin mir nicht sicher. Ich habe mir die Videoaufzeichnungen angesehen, auf der Suche nach ... irgendeinem Zeichen. Nach irgendetwas, das eine Erklärung dafür liefern könnte. Eine winzige Veränderung des Gesichtsausdrucks, verborgene Zeichen, Körpersprache – irgendetwas. Aber da war nichts. Und doch musste es eine Verständigung zwischen ihnen geben. Also isolierte ich den Jungen ...«

»Wie?« Susan ließ nicht locker. Unerbittlich nagelte sie ihn fest und es bereitete ihr ein boshaftes Vergnügen, ihn leiden zu sehen.

»Was meinen Sie mit wie?«, fragte er ausweichend.

»Wie haben Sie ihn isoliert?«

Der Wissenschaftler war blass geworden. Aber er verweigerte die Antwort nicht. »Sie müssen das verstehen. Wenn es tatsächlich eine telepathische Verbindung gibt, dann würde keine Befragung gültige Ergebnisse erzielen, es sei denn ...« Er suchte vergeblich nach Worten um die Sache schönzureden. Schließlich schien er es nur noch möglich rasch hinter sich bringen zu wollen.

»... es sei denn, man sediert die anderen. Wir mussten ihn ganz alleine haben, ohne die anderen. Aber ...«

»Aber es hat nicht funktioniert?«, warf Susan ein und nutzte ihren Vorteil aus.

Larsen wand sich vor Verlegenheit. »Nein, es ... es hat nicht funktioniert.« Er tastete nach seinem Taschentuch und wischte sich damit erneut die Stirn. »Sobald die Wirkung des Medikaments einsetzte, schrie er ein einziges Mal laut auf, dann ...« Larsen sah zu dem Jungen hin. »Seitdem ist er in diesem Zustand.«

»Und Myriam?«

»Ich weiß es nicht. Ich weiß es wirklich nicht. Wir hatten die Babys bis gestern ruhig gestellt, doch als wir nach diesem verfluchten Feuer drüben hierher zurückkehrten, kamen sie auf uns zu und es schien alles in Ordnung zu sein – soweit man überhaupt sagen kann, was das in ihrem Fall bedeutet. Dann, ganz plötzlich, verfiel Myriam in diesen Zustand und seither hat sich daran auch nichts geändert.«

»Ist – abgesehen von dem Beruhigungsmittel – irgendetwas vorgefallen, das diese Reaktion ausgelöst haben könnte?«

»Nein, das habe ich Ihnen doch schon erklärt ...« Er unterbrach sich und dachte nach. »Es sei denn, etwas ist passiert, während wir drüben im anderen Gebäude waren. Es hat zwar nicht viel länger als etwa vierzig Minuten gedauert, aber ...«

»Vielleicht ergibt eine Prüfung der Videoaufzeichnung dieser Zeitspanne etwas.«

»Nein. Während wir weg waren, hat aus irgendwelchen Gründen die Daueraufzeichnung dieser verdammten Video-

kameras nicht funktioniert.« Wieder sah er zu dem Jungen hin und Susan unterdrückte ein wissendes Lächeln.
»Sehen Sie, ich weiß nicht, ob Sie etwas tun können, aber ich will nicht, dass es mir mit den anderen ähnlich ergeht. Verflucht noch mal, vielleicht hängt es ja gar nicht mit dem Pentothal zusammen. Schließlich haben wir das Zeug ja nicht ihr gegeben.«
»Was ist mit den anderen? Warum wollten Sie unbedingt, dass ich sie mir ansehe? Benehmen sie sich auch –«
»Warum urteilen Sie nicht selbst?« In seiner Stimme lag ein ungeduldiger Ton und seine frühere Autorität kehrte zurück. *Nicht so vorwitzig, Susie! Sonst verdirbst du noch alles.*
»Ich sehe sie mir natürlich gerne an. Die ganze Sache ist höchst ... faszinierend.« Sie versuchte ein gewinnendes Lächeln, doch sie merkte selbst, wie unecht es wirken musste. Glücklicherweise hatte Larsen sich bereits abgewandt.
Als sie ihm nach draußen folgte, warf sie rasch einen Blick über ihre Schulter zu dem Kind in dem Bett. Doch Ricky rührte sich nicht.

Zuerst floh er vor ihr. Sie konnte seine Furcht spüren. Es war ein winzig kleiner Funken Gefühl, der davonstob und den sie nicht recht fassen konnte.
Sie lenkte ihr Bewusstsein in seine Richtung, doch er verweigerte sich ihr. Aber sie gab nicht nach. Verzweifelt beschwor sie die Erinnerung an Liebe herauf. An Gemeinsamkeit.
Es war so schwer zu fühlen. Dieser Ort saugte Gefühle auf wie ein Schwamm und nie kam etwas zurück. Er war eine Wüste uralter und unvorstellbarer Begierden, in der kein Platz war für Gedanken und Gefühle. Wie lange es wohl dauerte, bis eine Seele austrocknete?
Sie rief ihn, doch die Gedankensprache funktionierte nicht mehr, in einer solch verlassenen Welt war sie zum Schweigen verurteilt.
Nein, nicht verlassen!

Hinter den Begierden, hinter den primitiven Bedürfnissen erahnte sie den Schlag eines Herzens, das Heben und Senken einer Lunge in einer Brust, den roten Strom, der sich in Millionen winziger Kanäle vernetzte.

Leben – das waren nicht Gefühle, nicht die hehren Monumente der Kunst und der Musik, ja nicht einmal Liebe. In seiner eigentlichen Form war es das, was sie hier fand. Das Pulsieren von Blut. Die Befriedigung elementarer Bedürfnisse.

Leben – das war das ungeborene Kind, das um seinen ersten Atemzug kämpft. Der Taucher unter Wasser, der verzweifelt an die Oberfläche strebt und dessen Lungen nach Luft lechzen. Leben – das war der Kampf, zu sein.

Und plötzlich begriff sie.

Der Gedankenlärm hatte ihn dorthin getrieben, wo weder Menschlichkeit, Erinnerung noch Worte ihn erreichen konnten. Es gab nur einen Weg, ihn wieder zurückzuholen ...

Sie schrieben immer noch, als Susan, gefolgt von Larsen, den Raum betrat.

Um den Tisch herum war der Boden bedeckt mit Blättern.

Sie bückte sich um eines davon aufzuheben. Dabei wusste sie bereits, was darauf stand. Ein Wort, hunderte von Malen geschrieben. Ein Name. Ihr Name. In Großbuchstaben.

SUSAN.

Wir werden einen Köder für ihn auslegen. Larsen hatte angebissen und sie war hier. Ihr Plan funktionierte.

Hinter ihr stöhnte Larsen auf und sie drehte sich um. Seit sie beide ins Zimmer gekommen waren, hatte keines der Babys aufgeblickt, aber an genau der gleichen Stelle eines jeden Blattes stand nun ein anderes Wort geschrieben.

Obwohl keines der Kinder gesehen hatte, dass sie hereingekommen war, schrieben sie von diesem Augenblick an einen anderen Namen.

ERIK.

Sie konnte seine Anwesenheit spüren. Er konnte nicht mehr tiefer gehen. Es gab keine Fluchtmöglichkeit, kein Ausweichen mehr.

Langsam, voller Angst, öffnete sie ihr Bewusstsein und machte den Zugang frei zu einem Teil, der noch in Verbindung mit der Welt draußen stand. Für einen kurzen Moment verließ sie der Mut und sie zögerte; doch dann war dieser Moment vorbei.

Nervös begann sie sich auf den Schild zu konzentrieren, ihn ganz vorsichtig zu senken. Dann, als das erste Wispern sie erreichte, legte sie ihn ganz nieder und gab sich selbst ihrem ganz persönlichen Alptraum preis. Die lautlosen Stimmen von Millionen schlugen gegen jede Faser ihrer Seele. Sie zerrten an ihr, aber sie gab nicht nach.

Ihre Instinkte schrien nach dem Schild. Es war so einfach. Sie konnte Stille befehligen. Aber sie gab dem Verlangen nicht nach. Stattdessen zwang sie sich dazu, sich auf den Gedankenlärm zu konzentrieren. Und mit aller Willenskraft, die sie noch aufbringen konnte, schleuderte sie ihm den Lärm entgegen.

Sie kam sich vor wie ein Spatz inmitten eines Wirbelsturms – wie ein Fischlein, das gegen Stromschnellen schwimmt. Aber sie flog. Und sie schwamm. Gegen das Heulen des Sturmes und die reißende Flut. Bis sie ihn erreichte.

Und als sie ihn berührte, von Geist zu Geist, im Auge des Sturms, war nur Zeit für diese Worte: Folge mir!

Zusammen tauchten sie nach oben, getrieben von ihrem Instinkt zu überleben. Immer weiter nach oben, vom bloßen Sein zum Fühlen, zum Wissen. Und dort, wo der Gedankenlärm unerträglich war, schafften sie es schließlich, gemeinsam den Schild wieder aufzurichten ...

Larsen hatte den Raum verlassen, aber die Babys hörten nicht auf zu schreiben.

Fürdiekameras ...

Susan lächelte, als Rachael ihre unausgesprochene Frage beantwortete. Doch kaum war der Gedanke zu Ende gedacht, ließen die drei Kinder plötzlich ihre Stifte fallen und eilten aus dem Zimmer.

Susan, die ihnen etwas langsamer folgte, wusste, wohin sie wollten, und ihr Herz machte einen Satz. Als sie den Raum betrat, schlug ihr eine Welle des Glücks und der Erleichterung entgegen. Das Bewusstsein der fünf jungen Menschen war wieder vereint.

Einen Moment lang stand sie da und fühlte sich ausgeschlossen von der stillen Wiedersehensfreude. Doch dann formte sich ein Gedanke in ihrem Kopf.

Susanichwir ... *sindnachhausegekommen* ... *duhastunsvermisst.*

»Oh ja, das habe ich.«

Sie musste nach Ricky sehen. Auf dem Weg zur Tür ließ sie das kleine Mädchen in dem übergroßen Bett nicht aus den Augen. Und während sie es betrachtete, sah sie, wie sich die Augenlider schlossen, und zum ersten Mal seit fünf langen Jahren fiel Myriam in einen tiefen Schlaf.

XXI
Gregs Geschichte

Den ganzen Tag über wollte Mikki nicht mit mir sprechen. Sie wird nicht sehr leicht wütend, aber wenn sie es ist, dann nimmt man besser Unterricht in Selbstverteidigung. Ich schätze, ich habe es einfach nie gelernt, in Deckung zu gehen. Auf alles marschiere ich direkt zu.

Dabei dachte ich, sie würde sich freuen. Ich jedenfalls tat es. Zumindest war ich erleichtert. Nicht so Michele. Sie war wütend.

Es war keine Zum-die-Wände-hochgehen-Wut und auch keine Jemandem-eine-verpassen-wollen-Rage; es war eher ein kalter, lautloser Zorn, den sie wie eine Zeitbombe mit sich herumtrug. Und ich hatte einfach das Pech versehentlich an den Zeitzünder zu geraten.

Eine Karriere als Bombenentschärfungsexperte konnte ich also wohl vergessen. Meine Mutter behauptete immer, dass mein Fuß noch so groß sein konnte – ich würde ihn zielgerichtet in das kleinste Fettnäpfchen bringen. Und zwar immer wieder.

Dabei – und das ärgerte mich am meisten – konnte ich mich überhaupt nicht mehr daran erinnern, was ich gesagt hatte, bevor Mikki so in die Luft ging. Möglicherweise spielte das aber gar keine Rolle. Vielleicht wartete sie nur darauf, dass etwas ihr in die Quere kam, und zufällig war ich das: Greg, der wie üblich seinen Mund nicht halten konnte.

Es ist komisch. Je näher man einem Menschen kommt, desto schwerer fällt es einem, das zu tun, was man am besten kann. Der andere durchschaut das Bild, das man nach außen hin zeigt, und erkennt all die kleinen Tricks, mit denen man arbeitet. Wenn ich will, kann ich die meisten Menschen aufheitern, indem ich sie ein bisschen auf die Schippe nehme, ein paar von meinen bissigen Bemerkungen loslasse und ihnen die heitere Seite einer jeden Situation vor Augen führe. Aber nicht Mikki. Sie kennt mich viel zu gut. Sie sieht durch meine Maske wie durch eine Fensterscheibe.

Als ich den Fehler beging, ihr gegenüber die Bemerkung zu machen, dass Myriam und Ricky ja nun in Sicherheit seien und sich alles zum Guten gewendet habe, ging sie hoch wie eine Rakete.

»Für diesmal vielleicht. Sie hatten Glück. Aber was ist beim nächsten Mal? Wenn du tatsächlich glaubst, dass Larsen sie von nun an in Ruhe lässt, musst du von allen guten Geistern verlassen sein! Er ist inzwischen bereits zu dem Schluss gekommen, dass es sich dabei um ›eine weitere Manifestation des Syndroms‹ handelt.«

Sie ahmte Larsens Stimme perfekt nach. Das waren genau seine Worte gewesen, als er mit MacIntyre darüber gesprochen hatte. Erik war es gelungen, einige Exemplare von Chris' kleinem »Spielzeug« in Larsens Hochglanzbüro zu schmuggeln und es zu verwanzen.

»Er ignoriert jeden Zusammenhang zwischen dem, was mit Ricky geschehen ist – und mit Myriam –, und dem Umstand, dass er die fünf als Nadelkissen missbraucht hat. Er ist ganz sicher schon damit beschäftigt, sich eine neue Strategie auszudenken. Grund genug also, nicht nur beunruhigt zu sein, sondern sich verdammt noch mal zu fürchten.«

»Sieh mal, wir haben es doch ganz gut im Griff. Susan und Erik sind wieder drin. Wir wissen, wonach Larsen sucht ...«
»Und du glaubst, das reicht?«, unterbrach sie mich beinahe höhnisch. Die ganze Angelegenheit machte ihr mehr zu schaffen, als ich angenommen hatte. »Wenn du nicht andauernd mit dir selbst beschäftigt wärst und sich deine Gedanken nicht ständig nur um dich drehen würden, dann wärst du nicht so verdammt ... selbstzufrieden.«

Und mit diesen Worten stürmte sie davon. Ich wollte ihr hinterhergehen, aber etwas in mir – vermutlich der reine Selbsterhaltungstrieb – riet mir, sie für eine Weile in Ruhe zu lassen. Außerdem war ich verletzt.

... andauernd mit dir selbst beschäftigt ...

Zugegeben, da war etwas dran – bis zu einem gewissen Punkt, und wir beide wussten es. Aber sie hatte es mir nie zuvor so deutlich zu verstehen gegeben.

Das gehört im Übrigen auch dazu, wenn man einander näher kommt: Es ist viel einfacher, den anderen zu verletzen – oder von ihm verletzt zu werden.

Aber selbstzufrieden fühlte ich mich ganz sicher nicht. Ich machte weiter Pläne und versuchte eine Lösung zu finden.

Es war schon richtig, ich hatte nicht darüber nachgedacht, dass die Babys möglicherweise gar nicht nach Hause zurückkehren *wollten*. Für jeden von uns hier war die Farm eine Art von Zuhause, einfach weil es ein Ort war, an dem wir endlich dazugehörten – ein Ort, an dem wir uns nicht vorkamen wie entlaufene Mitglieder eines Horrorkabinetts. Aber trotzdem gab es niemanden, der sich nicht auch auf seine Familie und die Ferien freute.

Vermutlich wurde mir da erst klar, wie anders die Babys doch waren. Für sie bedeutete ein Besuch zu Hause so etwas wie Einzelhaft. Eine Rückkehr in die Einsamkeit.

Das war ihre persönliche Tragödie. Seit dem Alter von drei Jahren, seit ihrer »Umwandlung«, waren sie abgeschnitten von der Liebe, die die meisten von uns davor schützte, verrückt zu werden. Ganz egal, wie viel – oder wie wenig – ihre Familien sie liebten, der Schild hatte diese Liebe ebenso wirkungsvoll von ihnen fern gehalten wie den Gedankenlärm. Und es galt auch umgekehrt. Bevor sie ihre Gemeinsamkeit hier auf der Farm erfahren durften, hatte der Schild die Liebe, die sie selbst zu geben vermochten, nicht nach außen dringen lassen.

Für die Babys war die Farm ihr einziges Zuhause. Die fünf – und wohl auch wir – bildeten eine Familie. Für sie war es die einzige, die sie je kennen gelernt hatten.

Sie waren miteinander verbunden; jeder war zugleich Teil der anderen, und zwar auf eine Art und Weise, wie wir sie niemals erfahren würden. Zwischen ihnen würde es nie so ein … Missverständnis geben, wie ich es gerade mit Mikki hatte. Das war ihre große Stärke. Es war mehr als bloße Liebe. Es war vollkommene Teilhabe. Und so herzlos das auch klingen mochte: Im Vergleich zu dieser Verbindung erschienen die Gefühle, die ihnen von ihrer Familie, ihrem eigenen Fleisch und Blut, entgegengebracht wurden, wie die von Fremden. Nie würden sie eine ähnliche Bedeutung erreichen können wie ihre Beziehung untereinander. Denn die Babys kannten diese Menschen kaum. Sie kannten sie weniger gut als die einzelnen Mitglieder der Denkfabrik, ja sogar weniger gut als Larsen.

Die Babys brauchten nur einander, sonst niemanden. Und sie brauchten unsere Hilfe. Von dieser Erkenntnis ausgehend, entwickelten wir schließlich unseren Plan.

Es gab so vieles zu bedenken.

Wie sollten wir vorgehen? Sollten wir Larsen mit der Tatsache konfrontieren, dass wir ihm auf die Schliche gekommen waren? Sollten wir ihn bedrohen?

Wir sollten den Mistkerl um die Ecke bringen.

Das war Lesleys Beitrag zur Diskussion. Sie hatte nicht nur ein phänomenales Gedächtnis, sondern war auch einer unserer beiden Querdenker. Dabei interessierte sie sich wesentlich mehr für logische Lösungswege als für Fragen der Ethik oder der Moral.

Wobei man zugeben muss, dass es ein nahe liegender Gedanke war. Ihr Vorschlag war logisch, leicht zu bewerkstelligen und würde unser vordringlichstes Problem aus der Welt schaffen. Aber das Leben bestand eben nicht nur aus reiner Logik und selbst Lesley war bereit das zuzugeben. Außerdem mussten wir eine Lösung finden, die viel dauerhafter war und nicht nur Larsen betraf.

Also zerbrach ich mir weiter den Kopf.

Die Babys brauchen nur einander, sonst niemanden. Was sie ganz sicher nicht brauchten, war die Farm. Wer würde schon sein ganzes Leben unter dem Mikroskop verbringen wollen? Auf die Vorteile, die das Leben auf der Farm bot, waren die Babys angewiesen, auf Larsen hingegen konnten sie getrost verzichten. Aber er würde sie auf keinen Fall gehen lassen. Nach Hause konnten sie auch nicht, denn das würde bedeuten, dass sie nicht mehr zusammen sein würden.

Was hatten sie zu Susan gesagt? *Wir wären lieber tot ...*

Es war beinahe so, als versuche man bei einem von Gordons und Lesleys vertrackten Schachspielen Schritt zu halten, ohne Figuren und ohne Brett. Ich kann ziemlich gut Schach spielen und würde die beiden in einem richtigen Spiel wohl auch schlagen, aber dazu muss ich die Figuren vor mir sehen, muss sie berühren und die Züge durchführen können.

Zum Teufel noch mal, ich hatte die Babys ja noch nicht einmal von Angesicht zu Angesicht gesehen! Und doch hatte ich das Gefühl, als würde ich sie in mancher Beziehung sogar besser kennen als meine eigene Schwester.

Da war ich nun also, besser gesagt, da waren wir alle, und dachten uns für die Babys eine Zukunft aus. Es musste ein

Plan sein, der möglichst alle Unwägbarkeiten berücksichtigte. Also überlegten wir uns, wie wir das ›dämonische Duo‹ Larsen und MacIntyre hinters Licht führen konnten, und entwarfen Lösungsvorschläge für alle möglichen Konstellationen ... Kein Wunder, dass Lesleys Vorschlag plötzlich gar nicht mehr so abwegig schien.

Doch dann passierte es. Und als es geschah, war ich nicht einmal da um zu helfen. Da geht man für ein paar Tage weg und schon kommt die Lawine ins Rollen. Typisch!

Dabei war es so logisch, so folgerichtig, selbst wenn niemand von uns es in Betracht gezogen hatte. Wer weiß, vielleicht hatte MacIntyre es sogar verdient. Ich weiß nur eines: Es hat alles verändert. Und uns zum Handeln gezwungen.

Von diesem Moment an gab es kein Zurück mehr.

XXII
Perfekte Verteidigung?

3. Oktober 1990

»Pech gehabt, reingefallen!« Chris grinste breit, als er die Kopien auf Susans Schreibtisch fallen ließ. »Er sieht sich schon als neuer Nobelpreisträger. Eigentlich tut er mir fast Leid.«

»He, nun fang nicht gleich an zu weinen.« Mikki lächelte und trank kleine Schlucke aus der obligatorischen Dose Coke. »Wir müssen aufpassen. Ein kleiner Ausrutscher und er weiß, was los ist.«

Von der kleinen Küche nebenan war Susans Stimme zu hören. »Was wollt ihr auf die Sandwiches drauf? Erdnussbutter oder Erdnussbutter?«

»Immer diese schwierigen Entscheidungen ...« Mikki stellte ihre Coladose auf den Tisch und ging zu Susan in die Küche.

»Ich wünschte, Greg wäre hier und würde mir bei der Entscheidung helfen«, sagte sie, noch immer lächelnd.

»Also wirklich! Dabei gebe ich mir solche Mühe. Schließlich war nicht *ich* diejenige, die in dieser Woche die Einkäufe erledigt hat. Außerdem kannst du ja immer noch auf das Abendessen in der Kantine warten.«

»Tolle Alternative! Verhungern oder an Salmonellenvergiftung sterben. Dann doch lieber Erdnussbutter. Ist es wenigstens eine mit Erdnussstückchen drin?«

»Gibt es etwa auch noch eine andere Sorte?« Susan fuhr mit dem Messer in das Glas. »Bis wann will er denn zurück sein? Greg, meine ich.«

»Ich habe mir schon gedacht, dass du nicht von Darth Vader sprichst. Nächsten Dienstag ... Er wollte eigentlich überhaupt nicht weg – besonders unter den derzeitigen Umständen – aber das mit den Ferien hatten sie schon vor Monaten so abgesprochen und es hätte merkwürdig ausgesehen, das Ganze ohne einen guten Grund abzusagen. Zu jedem anderen Zeitpunkt hätte er sich wie wild auf diesen Trip nach Queensland gefreut. Seine Eltern sind nicht sehr reich und sie haben monatelang dafür gespart. Um ihretwillen hoffe ich, dass ihm der Ausflug gefällt.«

»Ganz sicher wird er das. Hier ist das Sandwich, das du –«

Der Teller fiel aus Susans Hand und zerschellte auf dem Fußboden.

Später konnte keiner von ihnen sagen, wie lange es gedauert hatte. Vielleicht waren es nur wenige Sekunden gewesen, aber das Entsetzen, die markerschütternde Panik dieses Augenblicks, als eine Gedankenflut aus Furcht und Angst über sie hereinbrach, würde sie für den Rest ihres Lebens begleiten.

MacIntyre schrie um Hilfe. Er krallte sich an der Innenseite des Sarges fest und drückte mit aller Kraft gegen den fest sitzenden Deckel, der jedoch nicht nachgab und den schlimmsten Alptraum wahr werden ließ, den MacIntyre sich vorstellen konnte. Er spürte, wie seine Augen aus den Höhlen traten, und schmeckte bittere Galle in seinem trockenen Mund. Er roch seinen eigenen Schweiß, der das Leichentuch durchnässte, das er sich heruntergerissen hatte.

Und er hörte sich schreien. Es war ein dumpfer Schrei des Entsetzens, der anschwoll und seine enge Hölle aus Holz ausfüllte. Die Luft wurde immer knapper.

Seine Lungen zogen sich zusammen, lechzten nach einem
Minimum an Luft, um seine schwindenden Sinne zu stärken,
aber es war nichts mehr da.
Alle Kraft verließ ihn. Aus den hintersten Winkeln seines
Denkens kroch eine Schwärze hervor, die viel tiefer und
dunkler war als ein bloßes Fehlen von Licht. Die Schwärze
des Todes.
Langsam, unausweichlich hüllte sie ihn ein. Die Wände des
Sarges kamen auf ihn zu, erdrückten ihn. Und der Horror
des Eingeschlossenseins fand seinen Höhepunkt in dem Ekel
erregenden Gefühl von etwas nicht Sichtbarem, Wimmeln-
dem auf seiner Haut.
Mit einem letzten Aufbäumen seines Willens rang er nach
Luft und schrie, verlieh seiner Todesangst eine Stimme ...

Und dann war es vorbei.
MacIntyre stand da, auf der Türschwelle, und starrte verständnislos auf die leere Spritze in seiner rechten Hand. Er
hatte sie beinahe völlig zerquetscht und die Spitze der Nadel
war tief in seinen Handballen gedrungen, so überwältigend
war die Halluzination gewesen. Die kleine Ampulle, aus der
er gerade das Beruhigungsmittel hatte entnehmen wollen,
lag zerbrochen zu seinen Füßen.
Er schaute hinüber zu dem kleinen Jungen in seinem Bett.
Zum ersten Mal in all den Monaten blickte ihm eines der Babys direkt in die Augen. Was er darin sah, war der Wider-
schein seines eigenen Entsetzens. Das Spiegelbild seiner
schlimmsten Ängste.
Er ließ die Spritze fallen und floh aus dem Zimmer.
Ricardo sank erschöpft auf sein Kissen zurück und schloss
die Augen ...

Ichweißnicht ... wieespassierenkonnte ... erkamwieder ...
miteinerspritzeundich ... sahseinefurcht ... underkannte

seinen ... schrecklichstenalptraumich ... konntenicht ... zulassendasser ... eswiedertat ...

»Also hast du ihn mit seiner eigenen Phobie konfrontiert. Gut gemacht!« Aus Gretels Worten sprach tiefe Befriedigung.

Mikki machte ein nachdenkliches Gesicht. »Geht es dir gut, Ricardo?«

Die unverkennbare Besorgnis in ihrer Stimme ließ die anderen aufhorchen. Sie hatten sich alle in Susans Wohnraum versammelt, sobald der Widerhall von MacIntyres Schrei in ihren Köpfen abgeklungen war.

»Natürlich geht es ihm gut«, warf Lesley ein. »Er hat gerade eben die perfekte Verteidigung entdeckt. Er ist ...«

»Halt den Mund, Les!« Susan schien zu ahnen, wieso Mikki so beunruhigt war. »Ricky?«

Esgehtmir ... schonwiederbesseraber ...

Der Gedanke verklang, er war zu schwach um den Weg zu ihnen zu schaffen.

»Verstehst du denn nicht, Les? Es ist nicht so einfach, wie du denkst.« Mikki richtete ihre Worte nicht nur an sie, sondern auch an die anderen. »Okay, Ricky hat MacIntyre in die Flucht geschlagen. Und der wäre Superman, wenn er nach diesem Erlebnis noch länger mit Ricky im selben Zimmer sein könnte. Aber die ›perfekte Verteidigung‹ ist es nicht – es ist sogar alles andere als das.«

»Ich verstehe nicht ...« Lesley sah verblüfft aus. »MacIntyre wird es nicht mehr wagen, ihnen etwas anzutun, aus lauter Angst vor –«

»Aus lauter Angst vor was? Davor, dass sich das Ganze wiederholt? Du hast es doch miterlebt, genauso wie ich. Sag mir, wie war es für dich?«

»Muss ich das erst erklären? Es war so ungefähr das Schrecklichste, was ich je in meinem Leben mitgemacht habe.«

»Genau. Aber das, was wir fühlten, war bestenfalls ein Echo.

146

XXIII

Mikkis Geschichte

Greg kehrte einen Tag später als geplant zurück, beladen mit Schätzen aus Gold – na ja, zumindest mit einem umwerfend goldbraunen Teint.

»Wie war's?« Wie immer war Katie die Erste, die ihn mit Fragen bestürmte.

»Wie heißt es so schön in den Werbespots: Ein Tag schöner als der andere. Wenn ich meine erste Million gemacht habe, nehme ich euch alle mit dorthin.« Er hatte seinen Arm um mich gelegt und drückte mich leicht. Ich wusste genau, was er damit ausdrücken wollte: Ich nehme euch alle mit, aber ganz besonders dich. Ich sah ihn an, aber er sprach schon weiter. »Und hier? Irgendwelche neuen Entwicklungen, während ich weg war?«

Alle sahen mich an. Wie immer, wenn Susan nicht da war. Warum um Himmels willen machten sie das? Man könnte ja meinen, ich sei ihre Ziehmutter oder so. Wahrscheinlich war ich das auf gewisse Weise sogar. Aber manchmal ... Für eine Bande von superklugen Überfliegern waren sie jedenfalls schwer von Begriff. Greg war zwei Wochen lang weg gewesen und die »Entwicklungen« hier auf der Farm waren so ziemlich das Letzte, was ich jetzt mit ihm diskutieren wollte.

So unauffällig wie möglich lotste ich ihn in Richtung Tür.
»Ich werde dir alles erzählen. *Später.*« Der Blick, den ich in
die Runde warf, hätte Glas zum Zerspringen gebracht. Niemand sagte ein Wort. »Jetzt muss ich dir erst etwas zeigen.«
Und das war nicht einmal gelogen!

Katie war sehr rücksichtsvoll; sie verbrachte den Rest des Tages in Lesleys Zimmer, um, wie sie sagte, »noch was zu erledigen«. So waren wir wenigstens ein bisschen für uns.
Die meiste Zeit über haben wir geredet. Es ist erstaunlich,
wie viel sich in zwei Wochen tut. Natürlich genossen wir es
auch, uns zu berühren und uns nahe zu sein. Inzwischen sind
wir in puncto Küssen um Klassen besser als beim ersten Mal.
Aber die meiste Zeit über haben wir tatsächlich nur geredet.
Das ist es, worauf es letztendlich ankommt. Das mit der physischen Anziehungskraft ist wirklich ganz toll und ohne sie
würde ich wohl die Wände hochgehen – oder anderen Menschen den Kopf abreißen –, aber wenn du nicht miteinander
reden kannst, kannst du den Rest vergessen.
Natürlich kamen wir auch auf die »Entwicklungen« zu sprechen. Ich hatte zwar alles getan, um das Thema zu vermeiden, und Greg hatte es zugelassen, aber irgendwann war es
dann so weit.
»Das riecht nach Ärger«, sagte Greg, als ich mit meinem Bericht fertig war.
Es hatte nicht lange gedauert um ihn auf den neuesten Stand
zu bringen. Der Vorfall war nun eine Woche her und seitdem
hatte sich nicht sehr viel ereignet. Eigentlich gar nichts. Es
war wie die Ruhe vor dem Sturm.
»Ärger ist noch milde ausgedrückt.« Den anderen hatte ich
mich nur schwer begreiflich machen können, aber bei Greg
fiel es mir leicht, über meine Gefühle zu sprechen. »Ich habe
über die Wirkung, die die Babys auf ›normale‹ Menschen
haben, nachgedacht und bin zu dem Schluss gekommen,

dass da noch mehr dahinter steckt. Susan hat gestern Nacht etwas Interessantes gesagt. Ich sehnte mich nach dir« – er sah mich an und lächelte – »und ich habe bei ihr vorbeigeschaut um mich ein bisschen mit ihr zu unterhalten. Erik war in der Stadt und unsere Kleinen hier schliefen fast alle schon. Susan und ich sprachen über Gefühle – ihre und meine – und über die Babys; wie tief ihre Empfindungen sein müssen, die sie in ihrer Gemeinsamkeit erleben. Und da sagte Susan so etwas wie ›Du warst noch nicht bei ihnen. In ihrer Gegenwart ist es seltsam …‹ Ich verstand nicht, was sie mir sagen wollte, und sie konnte es nicht anders erklären, aber es scheint, als liefe da noch weit mehr ab als nur bewusste Kommunikation.«

Ich bewegte mich auf unsicherem Gebiet. Was ich vermutete, war schwierig in Worte zu fassen, also redete ich einfach drauflos und hoffte, dass meine Worte irgendwie einen Sinn ergaben.

»Sie sagte, dass weder sie noch Erik ein – wie nannte sie es noch gleich? – ein ›rein berufliches Interesse‹ wahren konnten. Als ich sie fragte, was sie damit meinte, lächelte sie nur. Dann sagte sie: ›Eine Art Aura umgibt diese Kinder. Sie verstärkt deine eigenen Gefühle. Zuerst kamen sie mir so hilflos vor und jedes Mal, wenn ich in ihre Nähe kam, hatte ich nur den einen Wunsch, sie zu beschützen. Erik erging es ganz ähnlich. Aber Larsen und MacIntyre scheinen keinerlei Gefühlsanwandlungen dieser Art zu haben.‹ Das waren ihre Worte und sie haben mich nachdenklich gemacht.«

Er war jetzt ganz bei der Sache und hatte sogar aufgehört über mein Haar zu streichen.

»Erzähl weiter!«

Als ob mich jemand davon abhalten könnte!

»Wenn du Susans Charakter – oder auch Eriks – mit einem Wort beschreiben solltest, als was würdest du sie bezeichnen? Was haben die beiden gemeinsam?«

Er dachte eine Weile nach. »Sie sind fürsorglich«, sagte er dann. Er schaute mich an und ich sah, wie sich sein Gesichtsausdruck veränderte. So als begriffe er endlich, worauf ich hinauswollte. »Sie sind beide ... sehr nett. Könnten keiner Fliege was zu Leide tun. Würden dir auch noch ihr letztes Hemd ...«

»Und Larsen?«, unterbrach ich ihn.

»Egoistisch. Unsicher. Ehrgeiziger, als für uns alle gut ist. Würde seine Großmutter verkaufen, wenn es sein müsste. Und bevor du mich wieder unterbrichst – MacIntyre ist genau das gleiche Kaliber. Nur hat er nicht das Format um wirklich gefährlich zu sein. Er ist mehr der Handlanger ...«

Jetzt war er wirklich auf meiner Wellenlänge. Na ja, irgendeinen Grund musste es ja geben, warum ich ihn liebte.

»Genau.« Darüber zu sprechen half mir meine Gedanken zu ordnen. »Hör mir bitte zu und sag mir dann, ob das alles einen Sinn ergibt.« Mittlerweile wäre es mir sogar lieber gewesen, dass es das nicht tun würde, aber die Augen davor zu verschließen ging auch nicht.

»Da kommen also diese zwei netten, fürsorglichen Menschen in Kontakt mit den Babys – und damit meine ich nicht die telepathische Kommunikation, sondern das, was vorher war – und ihre speziellen Charaktereigenschaften, ihre Fürsorge und Liebe werden verstärkt. Gefühls-Feedback würdest du es wohl nennen.« Das Wort gefiel mir.

»Aber die Babys haben nicht einfach eine Art Gedankenfeld um sich herum aufgebaut mit der Botschaft ›Hab mich lieb‹. Denn bei den ›Fürchterlichen Zwei‹ hat es nicht funktioniert. Und das ist auch der Haken an der Sache. Diese beiden sind ganz sicher nicht nett und fürsorglich. Sie sind egoistisch, herzlos und gemein ...«

Greg nickte. Inzwischen wusste er, worauf ich hinauswollte, aber er beherrschte sich und unterbrach mich nicht. Ich mochte ihn noch lieber dafür.

»Und genau so haben sie die Babys behandelt«, fuhr ich fort.
»Egoistisch, herzlos und gemein. Also ...« Ich holte tief Luft
um meine Schlussfolgerung vorzubringen. »Was, wenn diese
Aura, von der Susan spricht, eine Art mentales Feedback ist,
das nur das reflektiert, was in uns liegt? Vielleicht liegt es an
dem Schild, vielleicht an etwas anderem. Ich weiß es nicht.
Auf jeden Fall scheint es unsere natürlichen Wesenszüge zu
verstärken. Wir lieben sie oder wir hassen sie, wir fürchten
sie oder wir versuchen sie zu benutzen – je nach dem, wie wir
sind. Und alles ist viel intensiver als sonst. Es gibt keine Halb-
heiten, kein Unbeteiligtsein ...«
»Dieser Vorfall mit MacIntyre hat die beiden aufgeschreckt«,
sagte Greg. Mein Gedankengang schien ihm nicht gerade zu
behagen. »Und mit dieser Furcht im Herzen werden sie den
Babys entgegentreten. Und jedes Mal, wenn sie das tun, wird
ihr Gefühl stärker. Es nährt sich aus sich selbst, und zwar so
lange, bis ...« Er brach ab.
»Genau. Es muss nicht unbedingt jetzt gleich passieren, aber
irgendwann ...« Ich führte meinen Satz nicht zu Ende, sondern beobachtete Greg. Ich konnte es an seinem Gesicht ablesen, dass er wie üblich schon weiterdachte, der Argumentation folgte bis zu ihrem einzigen, logischen Schluss.
Mit einer nickenden Kopfbewegung deutete er auf das, was
außerhalb dieser Wände lag. »Wie sollen sie jemals da draußen zurechtkommen?« In seiner Stimme schwang ein verzweifelter Unterton mit. Ich berührte seine Hand und er
wandte sich mir zu. »Du weißt selbst, was es heißt, ein
Außenseiter zu sein. Und, bei Gott, ich weiß es auch. Wir alle
wissen es. Aus diesem Grund sind wir hier. Dabei hatten wir
es nur mit den üblichen, alltäglichen Vorurteilen der Menschen zu tun. ›Sei nicht so superschlau!‹ ›Du meinst wohl, du
kannst Fragen beantworten, auf die niemand sonst eine Antwort weiß!‹ ›Humpele hier nicht auf Krücken durch die Gegend, zieh deine Beine nicht so hässlich hinter dir her, denn

wenn ich das sehe, fühle ich mich schlecht!‹ ›Sei einfach *normal*! Sei so wie wir!‹ – Die Babys haben nicht die geringste Chance. Alles ist bei ihnen noch viel stärker. Die Leute werden nicht einmal wissen, warum sie sie hassen. Ebenso wenig wie sie wissen, warum sie den Schauergeschichten über Flüchtlinge Glauben schenken oder über Behindertenwitze lachen. Aber es wird sie nicht davon abhalten, sie zu hassen. Frag die Juden. Man braucht keinen Grund um zu hassen. Was sollen wir nur mit ihnen anfangen?«

Diese Frage hatte ich mir in den letzten Tagen auch schon gestellt. Eine Antwort darauf hatte ich nicht gefunden.

XXIV
Ein viel größerer Teich

11. Oktober 1990

»Wir müssen etwas unternehmen. Wir können doch nicht hier herumsitzen und warten, bis sie alt werden und sterben. Raecorp sitzt mir im Nacken. Sie wollen Ergebnisse sehen – zumindest Brady will das.« Larsen marschierte nervös hinter seinem Schreibtisch auf und ab, ein Zeichen dafür, dass es in ihm brodelte.

Aber MacIntyre war nicht so dienstbeflissen wie sonst. »Warum zur Hölle hast du es ihm überhaupt erzählt? Ich dachte, wir wären übereingekommen, nichts zu sagen, bis wir etwas Greifbares vorweisen können. Was wir bis jetzt haben, klingt wie ein abgelehntes Kapitel aus ›Akte X‹.«

Larsen hielt inne und fixierte seinen Assistenten. In seinen Augen lag ein gefährlich kalter Blick.

»Ich musste ihm irgendetwas erzählen. Seine Position im Unternehmen steht auf dem Spiel. Sie haben das Geld für dieses Jahr nur bewilligt, weil ich ihn wegen der Sache mit Zenith unter Druck gesetzt habe. Aber das geht nicht ewig so weiter. Also gab ich ihm statt der Peitsche das Zuckerbrot. Ich zeigte ihm die Videoaufnahmen und sprach von Möglichkeiten, die sich eröffneten. Er hat die Moral einer Kanalratte und begriff sofort, wie wichtig es ist, den entscheidenden Schritt weiterzukommen. – Ein Mittel, mit dem man lauter telepathisch begabte Genies produzieren kann! Eine kleine, preiswerte Pille ... Die Mutter braucht gar nicht zu wissen, was sie da einnimmt ... Jedes Verteidigungsministerium der Welt würde sich um so etwas reißen!«

MacIntyre sah verblüfft aus, aber er sagte nichts.

»Wir sind ganz nah dran«, fuhr Larsen fort. »Sie fangen an ihr wahres Gesicht zu zeigen. Ich spüre es genau. Sie ...«

»Vergisst du dabei nicht eine Kleinigkeit? Wir haben immer noch keine Ahnung, was die Ursache für die Mutation war. Zenith verkauft dieses Metamid schon seit über zehn Jahren und bisher wurde nicht einmal ein Schnupfen damit in Verbindung gebracht, geschweige denn so etwas wie bei den Babys. Auf der Suche nach dem X-Faktor dieser Gleichung sind wir genauso weit wie vor einem Jahr.«

»Du willst es einfach nicht kapieren. Um das Projekt fortzuführen, müssen wir nichts weiter tun, als die Fähigkeiten der Babys unter Beweis zu stellen. Gelingt uns das, haben wir die Finanzierung des Projekts für die nächsten Jahre so gut wie in der Tasche. Mit dem Geld, das uns Raecorp zur Verfügung stellen wird, können wir die gesamte Entbindungsstation von Eastgarden aufkaufen und sie bis auf die Grundmauern zerlegen, bis wir diesen verdammten X-Faktor gefunden haben – und in der Zwischenzeit sehr, sehr reich werden. Als Gegenleistung gehören ihnen unsere fünf kleinen Schützlinge hier.« Er blickte MacIntyre direkt in die Augen. »Also lass dich von dem unbedeutenden Vorfall letzte Woche nicht unterkriegen. Wir werden diese kleinen Luder schon noch knacken. Und wenn ich mit einem Betäubungsgewehr durch das Fenster auf sie schießen muss ...«

Chris drückte die Stopp-Taste des winzig kleinen Kassettenrekorders. Seine Hände zitterten. Susan konnte sich nicht daran erinnern, ihn jemals so wütend gesehen zu haben. Sie sah Mikki an, aber wie üblich war es Greg, der zuerst sprach. »Die Lage spitzt sich zu.« Er nahm einen zierlichen Briefbeschwerer aus Glas in die Hand und betrachtete ihn eine Weile. »Wer oder was ist Zenith?«

»Zenith Pharmazeutische Industrie. Sie sind eine Tochtergesellschaft von Raecorp«, erklärte Mikki. Sie klang zerstreut und ihr Blick war in die Ferne gerichtet, so als müsse sie sich erst darüber klar werden, was sie gerade eben gehört hatte. Für einen Moment herrschte Stille, bis Mikki begriff, dass die anderen darauf warteten, dass sie weitersprach. »Ich habe ein bisschen nachgeforscht, wer hier eigentlich das Sagen hat, und bin dabei auf den Großkonzern gestoßen. Erinnerst du dich noch, Greg, wie ich dir erzählt habe, wo Raecorp überall seine Hand im Spiel hat? Zenith gehört jedenfalls dazu. Das Unternehmen ist ein besonders schönes Stück vom Kuchen ...«

»... und stellt ganz zufällig Metamid her«, ergänzte Susan. Sie warf den drei Jugendlichen, die vor ihr auf dem Sofa saßen und sie forschend ansahen, einen nachdenklichen Blick zu. »Ich habe auch Nachforschungen angestellt, nachdem ich auf die Sache mit dem Medikament gestoßen bin. Allerdings habe ich Zenith nicht mit Raecorp in Verbindung gebracht.«

»Aber Larsen hat es.« Greg kam langsam auf Touren. Die anderen hörten die kaum wahrnehmbare Veränderung in seiner Stimme. Er war dabei, sich ein Bild über die Zusammenhänge zu machen, wobei er wie immer laut nachdachte, ohne zu wissen, wohin sein Gedankengang ihn führen würde. »Auf diese Weise brachte er sie dazu, sein Projekt zu finanzieren. Er zeigte ihnen die Aufzeichnungen von Susans Bruder um ihre Angst vor einem zweiten Contergan-Skandal zu schüren. Dann versprach er den Mund zu halten, wenn sie mitspielten. Aber seine letzten Forschungsergebnisse haben ihn unersättlich gemacht. Er glaubt, dass ein Markt da ist für so etwas und dass ihm seine Forschungen viel, viel mehr einbringen werden als nur einen Nobelpreis. Obwohl er diesen Ruhm ganz gerne für sich in Anspruch nehmen würde ... Dieser verdammte Idiot!«

Sein plötzlich veränderter Ton schreckte die anderen auf.

»Was ist los?«, wollte Mikki wissen und sprach damit die Gedanken aller aus. Wie immer hielt sie seine Hand und spürte nun, dass sein Griff unangenehm fest geworden war.

»Begreift ihr denn nicht? Er hat das Geheimnis der Babys weitergegeben. Dieser schwachsinnige, egoistische Dummkopf! Er hält sich ja für so verdammt clever, versucht sogar die großen Bosse zu erpressen. Hier auf der Farm war er immer der tolle Hecht. Ein kleiner Herrgott. Aber in Wirklichkeit ist er ein Nichts. Und ganz plötzlich ist er nur noch ein kleiner Fisch in einem viel, viel größeren Teich. Sie lassen ihn in Ruhe und warten ab, wie weit er kommt, dann fressen sie ihn auf, spucken die Überreste aus und übernehmen das Kommando. Und wenn du der Meinung bist, Larsen sei schon schlimm, dann warte ab, was geschieht, wenn hier die Leute mit den Dollarmillionen das Sagen haben. Verflucht noch mal!« Er kämpfte sich auf die Füße hoch, humpelte zum Fenster und blickte hinüber zu dem anderen Gebäude.

»Was meinst du mit Dollarmillionen?«, fragte Chris verständnislos, aber Greg machte keine Anstalten ihn aufzuklären. Susan sah, wie er seine Fäuste ballte. Das machte er nur, wenn er sehr wütend war. Sie antwortete an seiner Stelle.

»Du hast gehört, was Larsen gesagt hat. ›Jedes Verteidigungsministerium wird sich darum reißen.‹ Es ist genau die Waffe, auf die sie schon immer gewartet haben.«

»Wieso?«

»Denk doch mal nach, Chris!«, schleuderte Greg ihm ärgerlich entgegen. »Wenn sie die Chance haben, die entsprechenden Mutationen auszulösen und telepathisch begabte Genies zu züchten, werden die hohen Tiere im Pentagon oder im

Kreml – wenn es den dann überhaupt noch gibt – oder in irgendeinem andern Staat des Nahen Ostens tausende von Einsatzmöglichkeiten finden. Und kein Hahn kräht dann mehr nach den Rechten des Einzelnen. Es wäre uns vielleicht gelungen, Larsen und Big Mac in Schach zu halten, aber inzwischen hat es viel weitere Kreise gezogen. Raecorp wird ganz sicher nicht zulassen, dass die Babys hier einfach so hinausmarschieren. Gesetzt den Fall, wir finden einen Zufluchtsort für sie.«

»Wir müssen etwas unternehmen.« Chris merkte selbst, wie lächerlich und deplatziert seine Worte wirkten. Er sah betreten auf seine Füße hinab.

»Aber was?« Jetzt war es Susan, die laut nachdachte. »Unseren ursprünglichen Plan können wir vergessen. Nicht dass er jemals die Bezeichnung Plan verdient hätte ...«

Jemand rang keuchend nach Luft. Es war Mikki, die seit Gregs unvermitteltem Gefühlsausbruch geschwiegen hatte.

»Greg?« Ihre Stimme klang beinahe flehentlich. »Es sind nicht nur die Babys, nicht wahr? Nicht nur unsere Babys ... Was sie vorhaben, ist ...« – erneut holte sie tief Luft – »... es ist so schrecklich. Wenn es ihnen tatsächlich gelingen sollte, das fehlende Glied in der Kette zu ermitteln, werden sie sich nicht mit fünf zufrieden geben – auch nicht mit fünfzig. Sie werden anfangen den lieben Gott zu spielen ...«

»›Die Mutter braucht gar nicht zu wissen, was sie da einnimmt‹ ... Das waren Larsens Worte.« Greg klang nicht mehr so aufgeregt, er wirkte plötzlich ruhiger als jemals zuvor. Er sah Susan fragend an. »Wie viele der Säuglinge sind während ihrer ›Verwandlung‹ gestorben?«

Langsam dämmerte es Susan, in welche Richtung er mit seiner Frage zielte. Ein eisiges Gefühl machte sich in ihrem Inneren breit.

»Acht. Acht von insgesamt siebzehn uns bekannten Fällen ...«

Der Gedanke traf sie wie ein Schlag. Fast die Hälfte der betroffenen Kinder hatten nicht überlebt. War es das, wovor ihr Bruder Richard Larsen warnen wollte?

Sie sahen einander an. Fragend. Voller Verzweiflung. Aber niemandem fiel etwas ein, was er hätte sagen können.

21. Oktober 1990

»Macht einfach weiter so. Wir müssen sie so lange wie möglich hinhalten um Zeit zu gewinnen.« Greg hatte die Worte laut ausgesprochen, und noch bevor er den Satz zu Ende gebracht hatte, erreichte ihn bereits die gedankliche Antwort. *Ichwir ... gebenihneneinige ... rätselauf.*

»Ja, das kann ich mir vorstellen.«

Greg lächelte und dachte an die falschen Fährten, auf die Larsen seine aus dem Urlaub zurückgekehrten Mitarbeiter angesetzt hatte. Er dachte an den Stoß Papier, den Larsen ihnen in die Hände gedrückt haben würde, auf jedem Blatt wie zufällig niedergeschriebene, aber bei allen Babys absolut identische Wörter. Und das, obwohl man die fünf in verschiedene Räume gebracht hatte, wo jede ihrer Bewegungen von den unablässig eingeschalteten Kameras gefilmt wurde. Larsen und seine Leute suchten dem Sinnlosen einen Sinn zu entreißen. Sie analysierten, spekulierten, verstrickten sich selbst in Widersprüche. Und währenddessen warteten hinter ihrem Schild die Babys – und suchten nach einem Ausweg für ihre Situation.

»Wie wäre es mit einer unsinnigen mathematischen Formel? Sie muss kompliziert aussehen und wichtig, aber gleichzeitig frei erfunden sein. Ich werde Gretel bitten, dass sie sich eine ausdenkt und ihr könnt sie ja dann für Larsen aufschreiben.«

Dasklingtinteressant ... aberwarummusses ... eineunsinnige-formel ... seinwirkönnten ... dochauchdieneue ... vierdimensionaltheorie –

»Es *darf* keinen Sinn ergeben«, unterbrach Greg den Gedankenstrom, bevor Myriam zu einer langen und begeisterten

Darstellung irgendeines mathematischen Konzepts ansetzte, bei dem allerhöchstens Gretel in der Lage gewesen wäre, ihr geistig zu folgen.

Acht Jahre war das Mädchen alt! Wie würden diese Kinder erst sein, wenn sie zwanzig waren ... oder zwölf? »Wir müssen sie verwirren, sodass sie alle Pläne, die sie hegen, erst einmal auf Eis legen. Aber wir dürfen ihnen nichts in die Hände spielen, das für sie von irgendeinem Nutzen sein könnte. Das würde nur Raecorp auf den Plan rufen.«

Manchmal war es frustrierend. Den Babys fiel es schwer, absichtlich unlogisch zu sein. Unsere kleinen Spielchen gingen ihnen gegen den intellektuellen Strich. Aber Unlogik war momentan die einzige Logik. Es war alles Teil des Plans.

Der überhaupt kein Plan im eigentlichen Sinne war.

Der Gedanke war da, bevor Greg ihn unterdrücken konnte.

Seinichtverzweifeltgreg ... ichwirwissendass ... duallestust ... eswirdeine ... lösunggeben ... duwirstsiefinden.

»Klar. Wir werden sie finden. Die Frage ist nur, wann? Was wir hier gerade abziehen, ist doch nur ein Ablenkungsmanöver. Wir können sie nicht für alle Zeiten im Kreis herumrennen lassen.«

Wirkönnenetwas ... möchtestduunsbesuchen.

Für einen Augenblick begriff Greg nicht, dass es sich um eine Frage gehandelt hatte. Die Babys formulierten ihre Botschaften häufig so verquer, dass es schwierig war, sie zu verstehen.

»Euch besuchen? Richtig zu euch kommen, in das andere Gebäude?«

Warum eigentlich nicht? Es konnte nicht mehr Schaden anrichten, als sie sowieso schon hatten.

Ichwirmöchten ... euchnichtnurin ... gedankentreffen ... eskönnteuns ... helfeneinen ... planzuentwickeln.

»Das stimmt.« Greg war mit einem Mal sehr aufgeregt. Hin und wieder vergaß er, dass außer Susan und Erik niemand von ihnen den Babys von Angesicht zu Angesicht gegenübergestanden hatte. Und die Videoaufnahmen waren so unpersönlich. Außerdem musste man, wenn man sie ansah, sofort an Larsens Projekt denken. »Und wie sollen wir das bewerkstelligen?«

Ichwirwerden ... larsenbitteneuch ... zuunszulassen ... inletzterzeit ... schlägteruns ... nichtsab.

Greg musste lächeln. Myriam entwickelte langsam einen Sinn für Humor. Eines Tages würde sie es vielleicht sogar schaffen, einen Witz zu erzählen. An der Form ihrer Darbietung musste sie allerdings noch arbeiten.

»Also gut. Wir würden furchtbar gerne zu euch kommen. Ihr könntet uns einen Begrüßungskuchen backen. Schließlich sind wir eure ersten Gäste.«

Ichwir ... könnendasnicht ... wirhabenhierkeine ... kücheestutmir ... sehrleid ...

»He, ich habe doch nur Spaß gemacht, Myri. Wirklich, es war doch nur Spaß.«

Na ja, ihr Sinn für Humor war wohl doch noch etwas entwicklungsbedürftig.

25. Oktober 1990

»Was spricht eigentlich dagegen?« MacIntyre nippte an seinem Kaffee und blickte zu Larsen, der mit dem Rücken zum Fenster stand.

»Es gefällt mir nicht. Sieben Kinder, die hier überall herumgeistern. Wer weiß, was sie alles registrieren. Immerhin ist das kein Klassenausflug irgendwelcher dummer Schulkinder. Sie haben alle einen IQ, der neunzig Prozent ihrer Mitmenschen wie Höhlenbewohner aussehen lässt.«

»Ach, komm schon, sie kriegen gar nicht mit, was hier alles abläuft. Wir schaffen sie schnurstracks in den Beobachtungsraum zu den Babys. Dann werden wir ja sehen, ob wir diesmal mehr Glück haben als mit den anderen beiden, nach denen die Babys verlangt haben.«

»Wir können ja nicht einmal sicher sein, dass sie sie tatsächlich sehen wollen. Sie schreiben einfach nur die Namen aufs Papier, immer und immer wieder. Vielleicht haben sie die Namen irgendwie aufgeschnappt. Am Ende geht es uns so wie bei Susan und Erik und die Babys sitzen einfach nur da und blicken durch sie hindurch. Sie sind noch nie mit den anderen Kindern in Kontakt gekommen. Warum also sollten sie sie treffen wollen?«

Aber MacIntyre blieb stur. »Woher soll ich das wissen? Es scheint mir jedenfalls eine gute Idee zu sein, es einmal auszuprobieren. Um zu sehen, was passiert. Herr im Himmel, bis jetzt waren wir wahrhaftig nicht erfolgreich mit unseren Versuchen. Wenn das so weitergeht, wird Brady mehr als nur das Budget kürzen.«

Dieser Einwand gab den Ausschlag.

»Also gut. Wir versuchen es. Aber wenn es nichts bringt, dann war's das. Die Kinder kommen mir kein zweites Mal hierher. Ich habe es langsam satt, von einer Sackgasse in die nächste zu stolpern.«

XXV
Susans Geschichte

Ich werde es wohl nie vergessen. Die Atmosphäre in dem Raum knisterte wie elektrisch aufgeladen. Aber auch dieser Vergleich gibt unsere Gefühlslage nur ungenügend wieder. Es gibt keine Worte, die sie beschreiben können.

Am liebsten hätte ich geweint. Ich spürte, wie die Tränen in mir hochstiegen. Glücklicherweise stand ich mit dem Rücken zur Kamera. Sich in den Räumlichkeiten auszukennen hatte seine Vorteile.

Wir alle waren uns bewusst, wie riskant es war, Emotionen zu zeigen. Jede Bewegung, jeder Laut musste einen nachvollziehbaren Zweck haben. Wir konnten uns keine unbedachte Bemerkung, keine verräterische Miene leisten, denn auf keinen Fall durften wir unsere wahre Beziehung zu den Babys enthüllen. Erik und ich praktizierten das nun schon seit Monaten, aber bei einigen der Kinder war ich skeptisch, wie sie sich verhalten würden. Sie mochten ja alle kleine Genies sein, aber es waren immer noch Kinder. Vor allem Katie, Gretel und Gordon konnten ihre Gefühle nur schlecht verbergen. Chris war da schon anders.

Mit Mikki und Greg würde es keine Probleme geben und auch Lesley war sehr beherrscht. Manchmal zu beherrscht – was an meiner Zuneigung zu ihr aber nichts änderte. Meiner

Meinung nach war es ein schützender Panzer, den sie sich schon sehr früh zugelegt hatte. Sie war in einer rauen Umgebung aufgewachsen, wo man nur zur Schule ging um die Bewährungsauflagen zu erfüllen. Ansonsten hieß es hart sein – oder das Leben wurde einem zur Hölle gemacht.

Ich war so damit beschäftigt, darauf zu achten, dass sich niemand von ihnen verriet, dass ich zuerst gar nicht bemerkte, wie die Babys reagierten.

Eine Zeit lang starrten sie geradeaus wie immer. Das war natürlich für Larsen bestimmt. Aber auf mentaler Ebene wallten die Emotionen hoch.

Wenn man darüber nachdachte, war es gar nicht mal so verwunderlich. Diese Kinder hatten sich zwar noch nie gesehen, aber sie kannten einander besser, als irgendeine Gruppe von Menschen es jemals getan hat. Zwischen ihnen gab es keine Vorbehalte und auch keine gesellschaftlichen Machtkämpfe, die wir anderen im Umgang miteinander üblicherweise ausfechten. Es war keine Begegnung von Fremden, auch kein Treffen unter Freunden, sondern eine Familienzusammenführung. Die Vorstellung, die sie ablieferten, war perfekt. Keine einzige unpassende Äußerung, nicht die kleinste verräterische Geste. Die Welle von Gefühlen, die mich einhüllte, war still, unsichtbar und von einem Außenseiter nicht zu erkennen. Ich dachte an Larsen, der hinter der Glasscheibe war und alles beobachtete. Wie enttäuscht musste er sein, nicht die geringste Reaktion feststellen zu können. Wenn er wüsste, wie sehr er sich täuschte!

Erst dann fiel mir auf, was die Babys taten. Alle fünf beugten sich gleichzeitig über ihr Blatt Papier und fingen an zu schreiben. Und zu zeichnen. Wenige Sekunden später waren sie fertig und Larsen hatte ein neues Rätsel, das ihn beschäftigen würde.

WILLKOMMEN! stand auf den Blättern und darunter befand sich ein Bild. Es war die detailgenaue und ausgefeilte

Zeichnung von etwas, das aussah wie eine Geburtstagstorte. Ich sah, wie Greg lächelte. Er hat mir später nie den Grund dafür verraten. Als ich ihn fragte, erklärte er mir nur, dass es sich um einen ganz privaten Spaß handelte.

Die Kinder verbrachten ungefähr eine Stunde lang zusammen und lieferten ein perfektes Schauspiel ab. Sie betrachteten alles neugierig, versuchten mit den Babys zu reden, die natürlich nicht darauf reagierten. Und die ganze Zeit über genossen wir es, neben der geistigen Verbundenheit nun zum ersten Mal auch die physische Nähe zu erleben.

Wie gesagt, es war eine Erfahrung, die ich niemals vergessen werde. Aber sie brachte mich auch ins Grübeln. Ich musste daran denken, was Myriam an jenem Nachmittag in Rickys Zimmer gesagt hatte: *Wir wären lieber tot ...*

Erst jetzt verstand ich so richtig, was sie damit gemeint hatte. Zwar hatte ich es damals Erik erklärt, aber da hatte ich es nur rein verstandesmäßig erfasst. Wirklich begriffen hatte ich es nicht: was es für sie bedeuten würde, ihre einzigartige Gemeinsamkeit aufgeben zu müssen. Als ich an diesem Tag bei ihnen war und die unglaubliche Größe ihrer Gefühle miterlebte, ihre überwältigende Liebe – da erst verstand ich es.

Sie durften niemals wieder getrennt werden. Wir mussten eine Lösung für ihr Problem finden, denn eine Alternative zu ihrer Gemeinschaft war für die Babys undenkbar. Das hieße lebendig begraben zu sein. Einsamkeit über alle Maßen hinaus.

Wir wären lieber tot ... Die Worte hallten in meinem Kopf wider. Und plötzlich wusste ich, was zu tun war. Wenn es keinen anderen Ausweg gab, wenn wir sie nicht länger beschützen konnten, dann musste eine andere, dauerhaftere Lösung gefunden werden.

XXVI
Ultimatum

1. November 1990

Brady war nicht sehr groß und bei seinem ehrgeizigen Weg auf der Karriereleiter nach oben hatte er einige Narben davongetragen. Er lief nicht einfach im Büro umher, sondern stolzierte aufgeplustert wie ein angriffslustiger Kampfhahn auf und ab und strahlte ein solches Selbstbewusstsein aus, dass Larsen sich in seinem eigenen Büro wie ein Fremder vorkam.

»Ich kann nicht nachvollziehen, wie Sie dazu kommen, von einer weltbewegenden Sensation zu sprechen, John.« Bradys Tonfall war so anmaßend, dass Larsen keine passende Erwiderung einfiel.

»Ich glaube, Sie verstehen nicht ...«

»Nein, ich glaube, *Sie* verstehen nicht. Haben Sie eine Ahnung, wie viel Geld unser Unternehmen bisher in Ihr kleines Projekt gesteckt hat?« Die Erinnerung an die katastrophale Besprechung mit dem Geschäftsführer wurmte Brady noch immer und er war entschlossen, diese Schlappe an den kahlköpfigen, feigen Möchtegernwissenschaftler weiterzugeben, dessen beklagenswerter Mangel an verwertbaren Forschungsergebnissen ihm, Brady, den Unwillen seiner Vorgesetzten eingebracht hatte. Was ihn am Ende sogar noch seinen Job kosten konnte. »Aber natürlich wissen Sie das. Oder sollte Ihre Buchführung etwa ebenso schlampig sein, wie es bei Ihren Forschungen den Anschein hat?«

Das rief Larsen nun doch auf den Plan. »Meine Forschungen sind nicht schlampig. Wir bewegen uns, wissenschaftlich gesehen, auf unbekanntem Terrain ... Ich muss zugeben, dass es nicht so gut vorangeht, wie ich es mir erhofft hatte, aber wir machen Fortschritte. Es gibt eindeutige Anzeichen dafür, dass sie auf andere Menschen reagieren. Zum Beispiel auf die Kinder aus der anderen Abteilung. Wenn die Entwicklung so weitergeht, werden wir in Kürze so weit sein, einige ihrer Geheimnisse ...«

Brady explodierte.

»Sie sollten sich selbst einmal hören! Immer heißt es wenn, wenn, wenn. Glauben Sie etwa allen Ernstes, dass ein multinationaler Konzern wie unserer sich bei seinen Geschäftsstrategien auf ein Wenn verlässt? Dann darf ich Ihnen eine Neuigkeit verraten: Am Ende kommt es nur darauf an, was unter dem Strich herauskommt. Die Erbsenzähler sind diejenigen, die das Sagen haben. So läuft das nun mal in unserer Welt. Und was kommt bei Ihnen unter dem Strich heraus? Welchen Profit erzielen Sie mit Ihrem kleinen Unternehmen?«

Bradys Tonfall klang jetzt nicht mehr kalt, sondern scheinbar wohlwollend. Etwas in Larsen sträubte sich jedoch gegen diese unechte Freundlichkeit – mehr noch als gegen den einschüchternden Ton, den Brady zu Anfang angeschlagen hatte.

»Wenn uns der Durchbruch gelingt, müssen Sie sich diese Frage nicht mehr stellen. Und auch die Erbsenzähler nicht.«

»Schon wieder ein *Wenn*. Wir wollen Ergebnisse sehen, keine unproduktiven, nutzlosen Versprechungen. Wenn Sie bis Ende Dezember nichts Konkretes vorweisen können – und damit meine ich echte Resultate –, dann werden wir unsere eigenen Leute hierher schicken. Und die werden nicht lange fackeln, das kann ich Ihnen jetzt schon versprechen. Und kommen Sie mir nicht mit der Metamid-Geschichte. Wir haben diesbezüglich unsere eigenen Nachforschungen angestellt. Auf so einen zweifelhaften Rechtsstreit ließe sich kein Gericht der Welt ein. Und selbst wenn, unsere juristischen Berater glauben, dass wir sehr gute Aussichten hätten, wenn nicht einen Sieg davonzutragen, so doch die ganze Angelegenheit mehrere Jahre lang zu verschleppen. Immer vorausgesetzt, die betroffenen Familien sind überhaupt finanziell dazu in der Lage, ein Gerichtsverfahren anzustrengen. Geld regiert die Welt, oder wussten Sie das nicht? Und die paar Dollar Entschädigung würden kein Loch in unsere Kasse reißen.« Brady hielt inne und sah Larsen freundlich an. »Wie lautet also das Fazit, *Doktor* Larsen?« Er betonte spöttisch den Titel. »Keine Resultate, kein Job.«

»Aber es ist mein Projekt. Ich −«

»Korrigiere: Es *war* Ihr Projekt. Sie gehören uns, John, wir haben Sie gekauft. Mit Haut und Haaren und Stethoskop. Vergessen Sie das nicht. Lesen Sie doch mal das Kleingedruckte in Ihrem Vertrag. Ohne Leistung keine Gegenleistung, das weiß der kleinste Angestellte. Aber lassen Sie den Kopf nicht hängen! Noch geht die Welt nicht unter − Sie haben ja noch zwei Monate Zeit. Wenn ich allerdings Sie wäre, würde ich mir für Neujahr nichts vornehmen, es sei denn, Sie haben bis Ende des Jahres etwas für mich, das ich meinen Vorgesetzten vorzeigen kann ... Nein, bemühen Sie sich nicht, ich finde den Weg nach draußen alleine. Ich bin sicher, dass sehr viel Arbeit auf Sie wartet.«

Larsen blieb allein zurück und starrte schweigend auf die Tür, die Brady hinter sich geschlossen hatte.

XXVII
Eriks Geschichte

Brady war ein echt hässlicher Typ.

Und damit meine ich nicht die Tatsache, dass er klein und nicht sehr gut aussehend war oder dass er ein Gesicht hatte, das so aussah, als würde es beim leisesten Lächeln sofort zerspringen. Das allein wäre ja noch gegangen. Nein, er war einfach ein durch und durch mieser Kerl.

Als Ian anbot mir diesen Brady »zu zeigen«, wusste ich zugegebenermaßen nicht so recht, was er damit meinte. Trotzdem sagte ich ja. Später wünschte ich mir, ich hätte abgelehnt.

Von allen Babys waren uns Ian und seine Schwester Rachael am wenigsten vertraut. Das lag nicht daran, dass sie nicht genauso liebenswert wie die anderen gewesen wären. Ganz im Gegenteil. Es war nur einfach so, dass es den beiden äußerst schwer fiel, sich auf unser Niveau herunterzubegeben. Das war keine Arroganz – denn wenn es etwas gab, was die Babys nicht hatten, dann war es ein ausgeprägtes Ego –, sondern es hing damit zusammen, dass die zwei schon so lange miteinander kommunizierten. Ohne je richtigen Kontakt zu einem anderen Menschen gehabt zu haben, hatten sie ihre Fähigkeiten so perfektioniert, dass unsere – in ihren Augen sehr eingeschränkte – Art der Verständigung furchtbar anstrengend für sie war. Etwa so, als würde man einen Lamborghini immer nur im ersten Gang fahren – und das bei angezogener Handbremse.

Ians Angebot war also eine echte Überraschung. Und das war auch der Grund, warum ich spontan einwilligte. Rückblickend weiß ich, dass es angenehmer ist, sich einen Weisheitszahn ziehen zu lassen.

Wir hatten alle die Tonbandaufzeichnung des Gesprächs zwischen Brady und Larsen angehört und mir war klar, dass dieser Brady kein angenehmer Zeitgenosse war, aber einen Blick in sein Innerstes zu werfen ...

Die Vorstellung, dass jemand in unseren Gedanken herumspioniert, würde wohl niemandem gefallen. Andererseits gab es nicht sehr viele Menschen, die so egoistisch und durch und durch böse waren wie dieser Mann. Gott im Himmel, es war wie ein Ausflug in einen Abwasserkanal! Dieser Konzern besaß ihn ganz und gar – ihn und seine Moral.

Wenn es jemals so weit käme, dass Geld eine solch große Rolle für mich spielen würde, würde ich mir lieber die Pulsadern aufschneiden. Was wiederum nicht ganz stimmt. Denn in diesem Fall wäre ich um keinen Deut besser als dieser Kerl, daher würde es mir auch nichts ausmachen, so zu sein ...

Der Typ war jedenfalls besessen. Er ging nicht nur völlig in seinem Job auf – nein, er war einfach besessen. Ian ermöglichte mir nur einen kurzen Einblick in das, was bei dem Gespräch in Larsens Büro in Brady vorgegangen war, höchstens eine Minute, nicht mehr. Was ich fand, war Engstirnigkeit, Eifersucht, unterdrückte Wut, Berechnung und eine kalte, ausschließlich der Unternehmensräson unterworfene Moral.

Ich habe einmal eine Geschichte gelesen, in der ein Terrorist darüber berichtete, wie man es fertig bringt, eine Bombe zu legen und unschuldige Menschen, die einem persönlich nichts zu Leide getan haben, in die Luft zu jagen. Das Geheimnis, so behauptete er, läge darin, sie nicht als menschliche Wesen wahrzunehmen. Solange sie nur Objekte seien und keine Menschen, keine Individuen mit ganz eigenen Schicksalen, so lange könne man ihnen alles antun, was man wolle. Man könne sie töten, foltern, versklaven. Alles. Hitler hat es unter Beweis gestellt.

Der Einblick in Bradys Charakter zeigte, dass sich in den letzten fünfzig Jahren nicht viel geändert hat. Die Umstände mochten verschieden sein und heute ersetzen Geschäftsanzüge die braunen Uniformen und Hakenkreuzabzeichen von damals, aber die inneren Beweggründe sind die gleichen. Für Brady existierten die Babys ganz einfach gar nicht – zumindest nicht als menschliche Wesen. Er gestand ihnen keinerlei Rechte zu und keine Gefühle. Sie waren nur Teil eines umfassenderen Planes. Ihr einziger Zweck war es, Profit zu garantieren, seinen ehrgeizigen Zielen zu dienen und dem Unternehmen zu nützen.

Es ließ das Blut in meinen Adern gefrieren. Ich hatte den »Weißen Hai« viermal gesehen, keinen Film aus der Reihe »Nightmare on Elm Street« verpasst und auch sonst so gut wie jeden Horrorstreifen gesehen, aber bis zu diesem Tag war ich nie einem leibhaftigen Monster begegnet. Freddy Krueger mochte zwar Rasiermesser statt Fingernägel haben und ein Problem mit seiner Hautfarbe, aber Brady war das eigentliche Ungeheuer. Gerade, weil er so normal aussah. Und weil er in seinem tiefsten Inneren, dort, wo es wirklich zählte, nicht die geringsten Skrupel hatte und keinerlei Schuldgefühle darüber empfand, was er tat oder noch vorhatte zu tun.

Erkannnichtanders ... eristwieerist.

Ich wusste, worauf Ian hinauswollte, aber ich konnte dieses stille Erdulden nicht akzeptieren.

»Lass mich eine Sache klarstellen, Ian.« Das arme Kind bekam die volle Breitseite meiner Wut ab. »Das hier ist keine intellektuelle Übung. Dieser Kerl will euch sezieren. Er will euch auseinander nehmen um herauszufinden, wie ihr funktioniert. Und wenn seine Leute mit euch fertig sind, wird nicht mehr viel von euch übrig sein. Begreifst du das denn nicht?«

Dabei wusste ich, dass er es sehr wohl verstand. Er war ja nicht dumm. Aber ich wollte meine Frustration, meine tiefe Furcht, die mir in den Eingeweiden saß, auf irgendeine Weise loswerden.

Ichwirverstehen ... ermusstunwaser ... tunmussundwir ... müssenversuchen ... ihnaufzuhalten.

Für einen Augenblick herrschte Gedankenstille, so als suche er nach den richtigen Worten.

Warumhasstdu ... ihnerkannnichts ... dafürerist ... wieerist.

Mir fiel nichts ein, was ich ihm hätte antworten können. Zum ersten Mal in meinem Leben kam ich mir vor wie ein Wilder aus der Steinzeit.

Ian war acht Jahre alt. Und als sei er ein mittelalterlicher Märtyrer oder ein buddhistischer Mönch, bat er mich meinem Feind – seinem Feind! – Verständnis entgegenzubringen und die andere Wange hinzuhalten. Aber das brachte ich nicht über mich. Ich wünschte mir eine Halbautomatik herbei um sie in bester Rambo-Manier auf Brady, Larsen und MacIntyre zu richten. Und auf diese verdammte Raecorp.

Plötzlich begriff ich, warum die Babys das, was Ricky versehentlich mit MacIntyre angestellt hatte, nie einem Menschen absichtlich zufügen konnten. Susan hatte nur zum Teil Recht. Es stimmte, die Babys empfanden das Entsetzen und die Furcht ebenso wie ihr Opfer, aber das allein war es nicht, was sie davon abhielt, es zu tun. Die Sache war viel einfacher. Sie konnten diese »perfekte Verteidigung«, wie Lesley sie genannt hatte, nicht einsetzen, weil es ihnen unmöglich war, ein anderes, denkendes, fühlendes menschliches Wesen zu verletzen – selbst wenn einem diese Vorstellung bei einem Schleimbeutel wie Brady schwer fiel. Für die Babys war niemand nur ein Objekt. Mag sein, dass sie die Qualen, die es für sie selbst bedeutete, auf sich nehmen würden. Aber sie waren nicht in der Lage, sie absichtlich jemand anderem zuzumuten.

Sie verstanden. Und sie akzeptierten. Das war etwas, was ich kaum begreifen konnte.

Mit ihren acht Jahren waren die Babys vollkommene Pazifisten. Sie würden, nein, sie *konnten* niemandem wehtun. Nicht einmal um sich selbst zu retten.

Nun, ich war kein Pazifist. Die Babys konnten sich vielleicht nicht wehren ... aber ich würde sogar töten um sie zu beschützen. Das wurde mir in diesem Augenblick klar. Und seltsamerweise schockierte mich diese Erkenntnis nicht im Geringsten.

XXVIII
Augen und Ohren

4. November 1990

SAG NICHTS!

Chris hielt mit einer Hand das Blatt Papier in die Höhe, auf dem die Aufforderung in riesigen, schiefen Buchstaben geschrieben stand. Und damit Greg die Warnung auch ja nicht ignorierte, legte er den Zeigefinger seiner anderen Hand an die Lippen.

Greg kapierte es sofort. »Warum?«, gab er Chris mit einer lautlosen Mundbewegung zu verstehen und blickte ihn fragend an.

Chris dirigierte ihn zu der Schreibtischlampe und deutete auf etwas unter dem grünen Lampenschirm aus Glas. In einer Ecke, kaum sichtbar, befand sich ein winziger, ihnen nur allzu vertrauter schwarzer Knopf. Greg sah Chris an und zog die Augenbrauen hoch. Mit einer knappen Kopfbewegung forderte Chris ihn auf, mit nach draußen zu kommen.

»Wie lange belauschen sie uns wohl schon?«

Die Frage war müßig, aber Chris gab trotzdem eine Antwort. »Wenn ich das wüsste, hätte ich heute Morgen wohl kaum ein paar passende Bemerkungen zu Gordon gemacht über die Herrschaften in ihren Hochglanzlabors. Aber ich bereue es trotzdem nicht. Wenn man seine Nase in anderer Leute Angelegenheiten steckt, muss man damit rechnen, auch unangenehme Wahrheiten serviert zu bekommen.«

»Das sagt ausgerechnet der raffinierteste Lauscher des Jahrzehnts.«

Gregs gute Laune war nur gespielt. Unter dem Eukalyptusbaum, unter dem sie nun saßen, waren sie zwar sicher vor unerwünschten Mithörern, aber die Entdeckung, die sie gerade gemacht hatten, beunruhigte ihn trotzdem.

»Wie hast du es herausgefunden?«

»Durch Zufall. Die Glühbirne war durchgebrannt und beim Auswechseln habe ich die Wanze entdeckt. Sie war so geschickt angebracht, dass sie mir erst im letzten Moment aufgefallen ist. Kein schlechter Platz für so ein Ding. Das muss ich mir merken. Was glaubst du, sind sie uns auf die Schliche gekommen?«

»Keine Ahnung. Ich vermute, sie haben die Wanze hier versteckt um herauszufinden, ob und welche Wirkung der Besuch bei den Babys auf uns hatte. Larsen muss ganz schön frustriert sein. Alles, was er hat, sind irgendwelche sinnlosen Hinweise, um derentwillen er uns auch weiterhin zu den Babys gehen lässt. Aber von dem erhofften Durchbruch ist er weit entfernt. Ich weiß nicht, was er sich von dieser Bespitzelungsaktion verspricht. Ich kann nur hoffen, dass er nicht allzu viel dadurch erfahren hat.«

»Wer weiß? Ich wette, es gibt auf der Farm noch eine ganze Reihe weiterer Wanzen. Und damit meine ich nicht diejenigen, die ich selbst angebracht habe.«

»Was sollen wir jetzt tun? Sieht so aus, als müssten wir uns ab sofort im Freien unterhalten.«

»Kann gut sein. Vielleicht gelingt es mir ja, auch noch den Rest dieser Dinger aufzuspüren. Wenn ja, dann können wir sie möglicherweise zu unserem Vorteil einsetzen.«

»Wie ...«, begann Greg, brach jedoch ab, als Chris aufstand. »Später ... Jetzt muss ich erst mal nachdenken.«

Das war typisch Chris. Wenn er nachdachte, einen Plan aus-
brütete, war er nicht ansprechbar. Er würde es nicht einmal
hören, wenn man ihn etwas fragte. Greg sah ihm nach, wie er den Rasen überquerte, dann stand
er auf und folgte ihm.»Na, dann werde ich die anderen wohl
warnen müssen«, murmelte er vor sich hin.

Und er schickte ein stilles Gebet zum Himmel, dass es dafür
noch nicht zu spät war.

5. November 1990

»Es bedeutet nur, dass wir aufpassen müssen, was wir sagen.
Zumindest innerhalb des Gebäudes. Ich kann mir nicht vorstellen, dass er uns ernsthaft verdächtigt. Wie Greg schon
sagte, vielleicht will er nur herausfinden, wie die Besuche bei
den Babys auf uns wirken. Es ist lediglich ein Beweis dafür,
wie sehr er sich um uns sorgt.« Mikkis spöttisches Lächeln
passte zu ihrem Tonfall.

»Aber wird es ihn nicht misstrauisch machen, wenn wir ständig nach draußen gehen um zu reden?«, wandte Lesley ein.

»Er ist nicht so dämlich, wie er vielleicht aussieht ...«

»Wie sollte das auch möglich sein!« Es kam häufig vor, dass
Gordon Lesley unterbrach, aber das schien sie nicht wirklich
zu stören. Tatsächlich störte sie fast nichts, was Gordon
tat, und auch diesmal musste sie über seinen Kommentar
schmunzeln.

Chris sah ein bisschen zu selbstgefällig aus. Er liebte es, den
richtigen Zeitpunkt abzuwarten, um sich dann ins rechte
Licht zu rücken. Anscheinend hielt er diesen Moment für gekommen.

»Das ist alles kein Problem. Zumal wir genau bestimmen
können, wo jede einzelne Wanze angebracht ist. Es könnte
sogar sein, dass Larsen uns damit einen großen Gefallen getan hat. Wir können ihn mit allem möglichen Quatsch belie-
fern, und vorausgesetzt wir übertreiben nicht damit und das,

was wir sagen, klingt halbwegs überzeugend, merkt er vielleicht nicht einmal, dass wir ihm auf die Schliche gekommen sind.«

Mikki runzelte die Stirn. »Was meinst du mit ›genau bestimmen, wo jede einzelne Wanze angebracht ist‹? Du verschweigst uns doch etwas, oder?«

Chris schüttelte nur den Kopf, lächelte und mit einer theatralischen Geste zog er aus seiner Hosentasche ein kleines, schwarzes Kästchen hervor, das einer Fernbedienung für den Fernseher zum Verwechseln ähnlich sah.

»Was hast du da?« Natürlich war es wieder einmal Katie, die die nahe liegende Frage stellte.

»Das ist ein Wanzendetektor. Ich habe ihn letzte Nacht gebaut.«

»Ein Wanzendetektor?« Lesley war nicht so geduldig wie die anderen, aber Chris ignorierte ihren Ton. Er war gerade so richtig in Fahrt gekommen.

»Um genau zu sein, handelt es sich um einen Multiband-Radiofrequenzscanner. Die meisten Abhörgeräte beschränken sich auf ein relativ schmales Frequenzband. Das gilt auch für das Ding, das Larsen in mein Zimmer geschmuggelt hat. Ich musste nur einen simplen Multiband-Empfänger mit einer hinreichend engen Bandbreite ein kleines bisschen manipulieren und ihn mit einer einfachen LED-Anzeige koppeln – das ist das rote Licht in der Mitte des Kästchens.« Er deutete auf das Gerät in seiner Hand.

Lesley war nun endgültig mit ihrer Geduld am Ende. »Und wozu soll das gut sein?«

»Das will ich dir sagen: Dieses Ding hier zeigt mir, wenn sich irgendwo ein aktiviertes Abhörgerät – gemeinhin auch Wanze genannt – befindet. So einfach ist das. Die Antenne ist monodirektional und hat nur eine geringe Reichweite, ungefähr drei Meter werden es sein, aber wenn ich mich mitten in das Zimmer stelle und um meine eigene Achse drehe, dauert es nur ein paar Sekunden, bis ich etwaige unerwünschte elektronische Ohren lokalisiert habe.«

»Wirklich sehr beeindruckend, aber können wir sicher sein, dass du damit wirklich alle Wanzen findest? Wenn dieses Ding auch nur eine übersieht, sind wir geliefert.« Mikki versuchte nicht allzu skeptisch zu klingen, aber die Situation machte es ihr schwer, ihren üblichen Optimismus zu bewahren.

Chris lächelte nur und sagte: »Vertrau mir.«

Und die Art und Weise, wie er das sagte, veranlasste sie ihm Glauben zu schenken.

7. November 1990

> *... verloren in der Leere,*
> *stumme Schreie und Stille in mir,*
> *ich träumte von Gemeinschaft ...*
> *Teil zu sein ist Teil von mir,*
> *und Hoffnung nährte Hoffnung,*
> *wartend, auf dass das Warten ende.*
>
> *... verloren in der Leere,*
> *Gefühl, gemessen nur am Maß der Tränen,*
> *die nie den Weg zum Auge fanden,*
> *ich träumte von Berührung ...*
> *zu spüren und gespürt zu werden,*
> *und Hoffnung nährte Hoffnung,*
> *wartend, auf dass das Warten ende.*
>
> *... und dann, inmitten dieser Leere,*
> *war Berührung da und Gemeinsamkeit,*
> *Teil zu sein ist Teil von mir,*
> *heißt leben, lieben lernen,*
> *ein Augenblick des Lächelns,*
> *und nie, nein, nie mehr warten.*

»Oh Katie, das ist wunderschön.« Ganz vorsichtig hielt Susan das Blatt in ihren Händen und fuhr mit ihren Fingern langsam die Zeilen entlang.

»Das finde ich auch.« Katie lächelte sanft, als sich ihre Blicke begegneten.

»Wann hast du das ...«

»Ich?«, entgegnete Katie. Als sie sah, wie Susan langsam zu begreifen schien, wurde aus dem Lächeln ein breites Grinsen.

»Ich habe es nicht geschrieben. Ich war nur die Sekretärin. Pep hat es uns gegeben. Damit wir verstünden, hat sie gesagt. Sie konnte ja wohl schlecht Larsen um eine Schreibmaschine bitten. Die Interpunktion ist allerdings von mir. Was das betrifft, sind die Babys nicht sehr gut.«

»Ich verstehe ...«, murmelte Susan geistesabwesend, aber ihre Augen klebten an den Zeilen.

Es brach ihr fast das Herz.

10. November 1990, 23.30 Uhr

Katie fing an zu schreien.

»Was ist los?« Bis Mikki ihre Bettdecke von sich geschleudert, den ersten Schrecken überwunden und die Leselampe angeknipst hatte um zu dem kleinen Mädchen zu eilen, saß Katie bereits aufrecht im Bett und deutete zum Fenster hin.

»Kate, was hast du denn?«

»Er beobachtet uns. Durch das Fenster. Er starrt uns an wie ...« Sie sprach nicht weiter.

»Wer? Wer beobachtet uns?« Mikkis Stimme klang jetzt nervös.

»Der Mann. Er ...«

»Welcher Mann? Komm schon, Katie, beruhige dich erst einmal. Was war da draußen los?«

»Ich habe ihn noch nie zuvor gesehen. Es war niemand von hier. Es war eine dunkle Gestalt, sie hat durch das Fenster zu uns hereingesehen. Als ich anfing zu schreien, ist der Mann verschwunden.«

»Und du bist ganz sicher, dass du das nicht nur geträumt hast?«, fragte Greg von der Tür her. Er war von Katies Schrei wach geworden und war gekommen – »ganz der Ritter ohne Furcht und Tadel«, wie Lesley später sagte – um nachzusehen, was passiert war.

»Ich habe nicht geträumt. Er war wirklich dort draußen. Ich habe ihn im Mondlicht genau gesehen. Er starrte durch das Fenster zu uns herein.«

Inzwischen waren auch die anderen herbeigeeilt. Gähnend und sich den Schlaf aus den Augen reibend, standen sie da. Gordon war praktisch veranlagt wie immer. »Also gut«, sagte er, »dann wollen wir mal nachsehen, was da los ist. Schließlich können wir es nicht zulassen, dass irgendwer heimlich unsere Mädchen beobachtet, nicht wahr?« So ganz überzeugt von der Sache schien er zwar nicht zu sein, aber die anderen nahmen ihn beim Wort und marschierten nach draußen.

An der Eingangstür stießen sie auf Larsen, der MacIntyre im Schlepptau hatte.

»Was geht hier vor?«

Sie informierten ihn kurz über das, was vorgefallen war, wiewohl Larsens rasches Erscheinen bei der einen oder anderen misstrauischen Seele den Verdacht aufkommen ließ, dass er mit Hilfe seiner »heimlichen Ohren« schon längst über alles Bescheid wusste.

Ein erster Blick ergab nichts. Kein verstohlen um das Haus schleichender Eindringling war zu sehen, nur ein Mond, der seine Schatten warf. Doch dann ging Chris in bester Sherlock-Holmes-Manier direkt vor dem Fenster auf die Knie und stieß einen leisen Pfiff aus.

Die anderen kamen eilig herbei. Im Lichtkegel von vier oder fünf Taschenlampen starrten sie auf die weiche Erde des schmalen Gartenbeets, in der ganz deutlich der tiefe Abdruck zweier großer Stiefel zu sehen war.

XXIX
Gregs Geschichte

Sie entdeckten es am nächsten Morgen hinter einer Gruppe von Bäumen an der Westseite des Grundstücks. Jemand hatte mit einem Bolzenschneider oder einer schweren Eisenschere ein sauberes, zirka einen Quadratmeter großes Loch in den Maschendraht geschnitten – gerade groß genug also, um bequem hinein- und hinauszukriechen. Wenn sie nicht bereits gewusst hätten, dass jemand sich in der Nacht auf das Gelände geschlichen hatte, wäre das Loch möglicherweise nie entdeckt worden, so abgelegen war die Stelle. Und so geschickt hatte der Betreffende sie sich ausgesucht. Wer immer es auch gewesen war, er kannte sich offensichtlich aus.

Genau das sagte ich auch MacIntyre, als ich am nächsten Tag mit ihm sprach.

»Wozu dieser ganze Aufwand? Was glaubt der hier zu finden?«, fragte ich ihn.

Ich liebte es, ihn in die Enge zu treiben. Ihm Fragen zu stellen, von denen ich wusste, dass er sie nicht beantworten konnte, und dabei zuzusehen, wie er nach Worten rang.

Armer Kerl. Auf seine eigene Art und Weise war er wohl sogar recht gescheit. Vermutlich war er an der Universität selbst einer von diesen Überfliegern gewesen, zumindest am Anfang. Bevor er sich spezialisierte und von da an mit Scheuklappen durchs Leben ging.

Das passiert sehr häufig, besonders bei Menschen, die nicht lesen. Zumindest nichts, was außerhalb ihres Spezialgebiets liegt. Damit erklärte ich mir schon vor Jahren das Verhalten meines Mathelehrers, wenn er mich wieder einmal zu ermuntern versuchte, mich doch den höheren Weihen der Mathematik hinzugeben statt meine Nase immerzu in irgendwelche Bücher zu stecken. Ich wollte seine Gefühle nicht verletzen, indem ich ihm erklärte, dass seine große Leidenschaft, die einzige Rechtfertigung für seine armselige Existenz auf diesem Planeten, mich zu Tode langweilte. Ich war damals zwölf Jahre alt und noch ehrlich bemüht, andere nicht vor den Kopf zu stoßen.

Inzwischen macht mir das nicht mehr so viel aus, zumal wenn es sich um Leute wie Big Mac handelt. Jeder, der sich von Larsen an der Nase herumführen lässt wie ein Tanzbär, hat nicht genug Selbstachtung – oder Selbstbewusstsein –, dass man seine Gefühle verletzen könnte.

Wie dem auch sei, ich bedrängte ihn weiter und versuchte ihn dazu zu bringen, etwas zu verraten, was Larsen vor uns geheim halten wollte – selbst wenn es etwas war, was wir ohnehin schon wussten. Zum Teil tat ich es, weil es einfach Spaß machte zu sehen, wie er sich vor Verlegenheit wand. Vor allem aber wollte ich ihn seinem Boss gegenüber in Misskredit bringen. Ich hoffte darauf, dass er einen Fehler beging und unabsichtlich etwas Belastendes sagte. Dann hätte ich Larsen gegenüber eine entsprechende Bemerkung losgelassen und ihm zu verstehen gegeben, von wem ich meine Informationen hatte. Danach hätte ich mich zurückgelehnt und in aller Ruhe auf den Zusammenprall gewartet.

Dass dieses Verhalten kindisch war, wusste ich selbst, aber das war mir egal. Ich konnte diesen Mistkerl einfach nicht leiden – genauso wenig wie ich seinen fiesen Boss leiden konnte. Außerdem konnte es uns nur nützen, wenn die beiden sich gegenseitig an der Kehle hingen.

Ich muss zugeben, es gelang ihm recht gut, die knifflige Frage zu umgehen. Aber man konnte sehen, dass ihn das Loch im Zaun nervös machte. In Anbetracht dessen, um welche Art von »Geschäften« es sich bei Larsens Unternehmungen handelte und wer seine Geschäftspartner waren, hatte MacIntyre wohl auch allen Grund dazu, nervös zu sein.

Hinzu kam, dass die Farm nicht gerade als Hochsicherheitstrakt konzipiert war. Der Zaun um das Gelände war eher Schmuck als Schutz und würde allenfalls die gelegentlich bis an die Farm herankommenden Wallabys abhalten oder einen Wombat, der zu faul war zu graben, nicht jedoch einen echten Eindringling, der herausfinden wollte, was auf dem Gelände vor sich ging. Was die Ereignisse der letzten Nacht ja bewiesen hatten.

Auch ohne die Geschichte mit dem Einbrecher waren wir eifrig dabei, Larsen und MacIntyre zu verunsichern. Dass wir wussten, wo er seine kleinen »Mithörer« installiert hatte, war ein Geschenk des Himmels.

Lesley lief zu ihrer Höchstform auf, aber auch Katie war nicht schlecht. Wir sprachen »heimlich« – sodass Larsen es auf alle Fälle mitbekam – über unsere Gefühle und über die »Eingebungen«, die wir hatten, sobald wir mit den Babys in einem Raum waren. Diese Eingebungen ergaben zwar überhaupt keinen Sinn, aber sie dienten dazu, Larsen und seine Helfershelfer wertvolle Zeit und Energie darauf verschwenden zu lassen, sich in Sackgassen zu verrennen – während wir heimlich unsere Vorbereitungen trafen.

Es gab so viel zu bedenken. Wie bei einem riesigen Schachspiel, bei dem wir selbst die Figuren waren. Auch noch die allerletzten Feinheiten mit ins Kalkül zu ziehen, war nie meine große Stärke gewesen, weder beim Schach noch im wahren Leben. Ich war der spontane Spieler, der seinen Instinkten vertraute. Aber bei unserem Vorhaben brauchten wir auch ein paar kühle Köpfe um den Ausgleich zu schaffen. Wenn eine Strategie erfolgreich sein soll, kommt es auf tausend kleine, aber entscheidende Details an und nicht so sehr auf Inspiration. Daher gelingt es mir auch nur ganz selten, Mikki im Schach zu schlagen. Und darum hatte ich auch solche Angst, dass unser Plan nicht funktionierte.

Wenn zu einem so späten Zeitpunkt noch ein neuer Mitspieler auftaucht, wird zum einen das Spiel komplizierter, zum anderen eröffnen sich noch mehr Ansatzpunkte, wo etwas schief laufen kann.

Die erste Frage lautete: Wer war das in der vorigen Nacht?

Ich konnte Larsens Dilemma nachvollziehen. Ein Bewohner der Farm, so viel war klar, hatte keinen Grund sich den Zutritt über ein Loch im Zaun zu verschaffen. Also musste es jemand von außerhalb sein und Larsen konnte sich den Schuldigen unter zirka vierzehn Millionen aussuchen. Wenn man die Möglichkeit in Betracht zog, dass Interessen eines fremden Landes mit im Spiel waren – und der Inhalt seiner Forschungen legte das durchaus nahe –, waren es sogar noch ein paar Millionen mehr.

Die zweite Frage war: Wie weit würde der Unbekannte gehen?

Larsen hatte gleich am nächsten Morgen Brady angerufen und um zusätzliche Sicherheitsmaßnahmen gebeten – und, wie vorauszusehen war, eine brüske Absage erteilt bekommen. Vermutlich bereute der kleine Giftzwerg bereits, sich jemals auf Larsens Projekt eingelassen zu haben.

Es sei denn, Brady selbst wäre für den Einbruch verantwortlich. Vielleicht hatte er den Verdacht, dass Larsen Informationen zurückhielt. Jemand, der den Nerv und das Selbstbewusstsein hatte, einen internationalen Konzern zu erpressen, hatte wohl auch den Nerv – oder die Dummheit –, diesen Konzern übers Ohr hauen zu wollen. Es war durchaus vorstellbar, dass Brady befürchtete, Larsen könnte seine Forschungsergebnisse an die Konkurrenz verkaufen. Ich fragte mich, ob Larsen selbst wohl auch auf diese Idee gekommen war? Wenn ja, dann war dies nur ein weiterer Stein auf seinem Sorgenberg.

Man konnte beinahe Mitleid mit diesem armen Mann haben. Aber eben nur beinahe.

Natürlich gab es gar keinen Eindringling von außen. Es sei denn, man wollte Erik so bezeichnen – was wohl auf den jeweiligen Standpunkt ankam.

Er war es gewesen, der am Samstagabend, während alle anderen beim Abendessen saßen, ein Loch in den Zaun geschnitten hatte. Dann hatte er ein Paar Wanderstiefel Schuhgröße 45 genommen, die er in einem Altkleidergeschäft in Nowra aufgetrieben hatte, und sie in die weiche Erde vor dem Fenster der Mädchen gedrückt, bevor er sie auf Nimmerwiedersehen auf der örtlichen Müllhalde entsorgt hatte. Es war zwar ein Risiko, aber ein kalkulierbares. Ohne die seltsame Bedrohung »von außen« gäbe es später zu vieles, für das wir keine Erklärung liefern konnten.

Also musste der »dunkle Mann« fortan für alle Ereignisse auf der Farm herhalten, die sich nicht erklären ließen. Er war es, der Löcher in Zäune schnitt, in Lagerräume schlich und einmal sogar mit einem Brecheisen in das Gebäude einzudringen versuchte, in dem die Babys sich befanden. Letzteres war Gordons Idee. Larsen, der sich zu diesem Zeitpunkt gerade dort befand, machte sich vor Angst fast in die Hose. Er bemerkte den Schaden beim Hinausgehen und war kurz davor, die Polizei zu alarmieren, entschied sich dann jedoch dagegen.

Danach beschlossen wir, dass es besser war, dem mysteriösen Eindringling einen kurzen Urlaub zu gönnen. Er war jetzt einige Male in Erscheinung getreten und wir wollten nicht, dass er sich abnutzte, noch bevor er zum entscheidenden Schlag ausgeholt hatte.

Larsen biss sich die Fingernägel bis zu den Ellbogen ab und hätte das Gleiche auch mit den Fußnägeln getan, wenn er es gekonnt hätte. Er war schrecklich nervös. Die ganze Zeit schon saß ihm Brady im Nacken und jetzt musste er sich auch noch mit diesem merkwürdigen Fremden herumschlagen. Er musste sich vorkommen, als sei er zwischen zwei Mühlsteine geraten. Und das gefiel ihm ganz und gar nicht. Im Gegensatz zu mir.

Als Krönung des Ganzen erreichte ihn zwei Tage später – um halb zwölf Uhr in der Nacht – ein Anruf vom Bootshafen.

Neben seiner Arbeit kannte Larsen nur noch eine andere Leidenschaft, und das war sein Boot. Ein wunderschönes, zehn Meter langes, hochseetaugliches, zweimotoriges Kajütenboot. Er verbrachte jede freie Minute auf der *Lisa-Marie*.

Benannt hatte er sie nach seiner Tochter, die er nur selten sah. Im Alter von zehn war sie zusammen mit ihrer Mutter von ihm weggegangen, weil die arme Frau es satt hatte, immer nur die zweite Geige zu spielen und hinter Konferenzen und Forschungsanträgen zurückstehen zu müssen. Lisa-Marie war mittlerweile Ende zwanzig und die Ex-Ehefrau war nicht nur »ex«, sondern gestorben. Die Vater-Tochter-Beziehung war von Anfang an sehr brüchig gewesen und inzwischen war sie völlig erkaltet. Zumindest von Tochterseite. Was wohl ein Psychologe zur Namenswahl für das Boot sagen würde?

Wie dem auch sei, der Bursche vom Bootshafen rief Larsen an und teilte ihm mit, dass eine dunkle Gestalt auf der *Lisa-Marie* gesehen worden war. Nachdem der Eindringling entdeckt worden war, sei er vom Boot gesprungen und davongelaufen. Dann wollte der Anrufer noch wissen, ob der Herr Doktor nicht so nett sein könnte, nach Shoalhaven zu kommen um auf dem Boot nachzusehen, ob auch nichts fehlte.

Nein, er selbst habe den Vorfall nicht mit angesehen, ein »zufällig vorbeikommender Passant« habe es ihm jedoch berichtet. Der Kerl auf dem Boot sei ihm irgendwie verdächtig vorgekommen.

Larsen fragte nicht genauer nach. Hätte er es getan, dann wäre ihm vielleicht aufgefallen, dass der »zufällig vorbeikommende Passant« eine frappierende Ähnlichkeit mit Susan hatte, die an diesem Tag zufällig in Sydney war um Freunde zu besuchen.

Natürlich fand sich nichts Ungewöhnliches, als Larsen zum Bootshafen fuhr um die *Lisa-Marie* in Augenschein zu nehmen. Er nahm nur einen Geruch nach Benzin wahr, das von einer beschädigten Brennstoffleitung tropfte.

»Ich werde mich darum kümmern«, versprach der Mann vom Bootshafen. »So etwas kann zu bösen Unfällen führen. Es gibt nichts Schlimmeres als ein Feuer auf einem Boot.«

Von diesem Moment an war die Saat ausgesät.

XXX

Wendepunkt

9. Dezember 1990

Die Geier versammelten sich bereits.

Larsen war in einem Zustand der Panik. Er hatte nichts Konkretes in der Hand, das er vorweisen konnte. Seine bisherige Zuversicht löste sich immer mehr in nichts auf und er war schweigsam und griesgrämig.

MacIntyre bekam das meiste ab, doch vor Larsens schlechter Laune blieb auch sonst niemand verschont. Sogar Susan hatte unter seinem angriffslustigen Temperament zu leiden. Er benahm sich wie ein Mann, der besessen war und dessen Lebenstraum von anderen zerstört zu werden drohte. Er schlief kaum, aß nur aus Gewohnheit und verbrachte jeden wachen Moment entweder vor der Glasscheibe des Beobachtungsraumes oder über seinen Notizen brütend, auf der Suche nach der zündenden Idee. Egal, ob jemand anwesend war oder nicht, ständig murmelte er halblaut vor sich hin – ein Mann kurz vor dem Zusammenbruch.

Und die ganze Zeit über waren die Babys da und starrten. Und schwiegen.

»Wir sind so nah dran!« Der kahlköpfige Wissenschaftler wiederholte diesen Satz wie die Worte einer Litanei.

Susan tat so, als hörte sie ihn nicht. »Wir können es schaffen. Wir müssen nur den Schlüssel finden.« Sie bemühte sich aufmunternd zu klingen.

Nur noch eine kleine Weile, dann haben wir es tatsächlich geschafft. Und du wirst niemals erfahren, wie nah du dran warst.

Das hätte sie ihm nur allzu gern gesagt. Ständig musste sie daran denken, musste den Wunsch unterdrücken, es laut auszusprechen. Selbst wenn er hilflos am Boden läge, würde sie diesen Mann hassen. Aber noch mehr fürchtete sie die Leute, die nach ihm kommen würden. Larsens Vorbereitungen waren so gut wie abgeschlossen, trotzdem wurde die Zeit langsam knapp. Wenn sich erst einmal Bradys eigene Leute hier eingenistet hätten, wäre es zu spät. Es musste also alles auf Anhieb klappen.

Und die ganze Zeit über klangen Myriams Worte in ihr nach. *Wir wären lieber tot ...* Angenommen, alles ginge glatt, was für ein Leben erwartete sie danach?

Die Babys. Eine Laune der Natur war verantwortlich für ihre Existenz. Und genau dafür würde die Welt sie halten: für eine Laune der Natur.

Susan dachte an die Kinder in der Denkfabrik. Nette Kinder allesamt. Wie schwer war es für sie gewesen. Isoliert durch ihre abnormale Intelligenz. Von anderen gefürchtet und beneidet. Ausgeschlossen. Doch sie konnten sprechen, konnten als »normal« durchgehen, wenigstens für eine Weile.

Sie dachte an Greg. Sein unbeugsamer Wille und sein verrückter Sinn für Humor waren die Waffen, mit denen er der Welt entgegentrat. Aber reichte das aus? Wie viele Leute sahen neben den Krücken und den verkrüppelten Beinen den Menschen? Wie viele wandten peinlich berührt ihre Gesichter ab? Wie vielen entging die warmherzige Intelligenz in seinen Augen?

Alles, was sie für die Babys tun konnten, war, ein Gefängnis gegen ein anderes einzutauschen und zu hoffen, dass die Kinder im Verborgenen bleiben konnten, wenn man anfing sie zu suchen. Denn suchen würde man sie ganz sicher.

Larsen murmelte etwas vor sich hin, als er das kleine Zimmer verließ. Susan, die neben ihm gestanden und die Kinder durch die Glasscheibe beobachtet hatte, blickte Rachael in die Augen.

Duweißtwas ... zutunistsusan ... esgibtkeine ... anderemöglichkeit.

»Ja, ich weiß, aber ...« Es gab keine Worte für das, was sie empfand.

Tueseinfach ... ichwirliebendich ...

12. Dezember 1990

»Sie wollen was?«

»Es bleibt mir keine andere Wahl. Wir haben keine Zeit mehr.« Larsens Tonfall war hartnäckig, verzweifelt. Er würde sich nicht umstimmen lassen, das wusste Susan ganz genau. Dennoch versuchte sie es.

»Haben Sie vergessen, was das letzte Mal geschehen ist? Wir hätten sie fast verloren. Sie wären beinahe gestorben!«

»Wir haben keinen schlüssigen Beweis dafür, dass das Pentothal die Ursache dafür war ...«

»Aber auch keinen, dass es das *nicht* war! Um Himmels willen, es sind Kinder, keine Versuchskaninchen ...« Plötzlich kamen ihr die Worte ihres Bruders in den Sinn. Da brach es aus ihr heraus! »Das werde ich nicht zulassen! Ist Ihnen Ihre verdammte Karriere so wichtig, dass Sie das Leben dieser Kinder dafür riskieren?«

»Das geht Sie gar nichts an. Das ist *mein* Projekt. Diese Kinder gehören *mir*. Und solange Sie für mich arbeiten, werden Sie genau das tun, was ich Ihnen sage!«

»Sie sollten sich nur mal selbst hören: Die Kinder gehören *mir*!«, schrie sie und verlor auch noch den Rest ihrer Selbstbeherrschung. »Sie halten sich wohl für den lieben Gott? Larsen, Sie sind wahnsinnig!«

Er setzte zu einer Antwort an, aber sie war noch nicht fertig.
»Die Kinder gehören nicht Ihnen! Ist Ihnen noch nie der Gedanke gekommen, dass die Kinder niemandem gehören? Am allerwenigsten Ihnen? Sie und Brady ...«
Sie brach ab, als sie merkte, dass sie zu weit gegangen war. Doch es war schon zu spät.
»Was wissen Sie über Brady?«
Vorsicht, Susan! Denk scharf nach! Jetzt hat dich dein schnelles Mundwerk ganz schön in Schwierigkeiten gebracht ...
Mit einem Mal war ihre Wut verschwunden und eine seltsame Ruhe überkam sie. Sie fing an zu sprechen, aber es waren nicht ihre Worte, die aus ihrem Mund kamen. Myriam war es, die ihr den Ausweg zeigte.
»In wessen Auftrag, glauben Sie, bin ich wohl hier?«
Myriam, was hast du vor?
Vertraumirsusan ... ichwirwissenwas ... erdenkt ...
Also gut, du bist der Boss.
Larsens Mund klappte wie von selbst auf und zu. Gelenkt von Myriam fuhr Susan fort: »Brady brauchte jemanden hier, dem er vertrauen konnte und der Ihnen auf die Finger schaute. Haben Sie wirklich geglaubt, eine Organisation wie die Raecorp hinters Licht führen zu können? Dann glauben Sie wohl auch, dass Sie übers Wasser laufen können! Da kann ich Ihnen nur eines sagen: Der Ostersonntag wird für Sie mit einer herben Enttäuschung enden.«
Hey, das ist gut. Du entwickelst ja einen richtigen Sinn für Humor.
Esstammtnicht ... vonmirichwir ... habenesvon ... greg.
Larsen fand seine Stimme wieder. »Nun, dann richten Sie Brady von mir aus, dass noch nicht Neujahr ist und er seine hässliche Nase nicht in meine Angelegenheiten stecken soll. Und Sie, Susan, haben genau eine Stunde um ihre Sachen zu packen. Wenn ich Sie danach noch auf der Farm antreffe, schmeiße ich Sie eigenhändig hinaus.«

192

Jetzt war es nicht mehr Myriam, sondern Susan, die sprach. Die Frustration der letzten Monate brach aus ihr hervor.

»Ich werde gehen. Wie Sie das Brady erklären, ist Ihre Sache. Ich bin fertig mit Ihnen beiden. Einer ist so schlecht wie der andere. Kein Wunder, dass Sie diese Kinder nicht als menschliche Wesen betrachten. Keiner von Ihnen beiden kann über sein eigenes verdammtes Ego hinaussehen! Wenn es eine Hölle gibt, dann ist sie voll von Leuten wie Sie, die nur mit sich selbst beschäftigt sind und sich einen Dreck um andere Menschen scheren. Ich hoffe nur, dass eines Tages doch noch Ihr Gewissen erwacht, damit Sie, wenn Sie sterben, wenigstens wissen, wie durch und durch schlecht Sie sind.«

»Raus hier!« Larsens Stimme klang seltsam hohl. Er war wie eine leere Hülle. Er stand am Abgrund und es gab keine Brücke, die hinüberführte.

Mit einem lauten Krachen schlug Susan die Tür hinter sich zu.

XXXI
Mikkis Geschichte

Arme Susan. Sie machte sich solche Vorwürfe. Dabei hatte sie sich monatelang zusammengerisssen. Sie war diejenige, die Tag für Tag auf engstem Raum mit Larsen zusammenarbeiten und dabei ihre wahren Gefühle für sich behalten musste. Die sich bemüht hatte ihn in Schach zu halten, ohne sich selbst zu verraten. Es war erstaunlich, dass sie überhaupt so lange ausgehalten hatte.

Greg sah natürlich wieder einmal die positiven Seiten der Entwicklung. Das gelang ihm so gut, dass er ihr sogar ein widerwilliges Lächeln entlockte.

»Das mit dem Ostersonntag hat mir gefallen«, sagte sie.

Er grinste selbstzufrieden. »Ja, sobald Myriam begriffen hatte, was da vor sich ging, informierte sie mich. Du musstest Larsen eine Begründung dafür liefern, warum du Brady kanntest, ohne etwas über die Babys, kleine schwarze Abhörknöpfe oder Frequenzscanner zu verraten. Zuerst dachte ich daran, MacIntyre zum Sündenbock abzustempeln, aber das hätte Larsen sehr leicht nachprüfen können. Also kam nur der gute alte Doppel-Bluff in Frage. Larsen würde ja wohl kaum Brady anrufen und ihn fragen, ob er ihm eine Laus in den Pelz gesetzt hatte. Und selbst wenn er es getan hätte, wäre Brady wohl zu dem Schluss gekommen, dass Larsen völlig von der Rolle und kurz vor dem Durchdrehen war. Egal, es war jedenfalls das Beste, was mir auf die Schnelle eingefallen ist.«

»Das war brillant.«

Es war Lesley, von der dieses unerwartete Kompliment kam, und Greg nahm es lächelnd entgegen. »Eins zu null für den Instinkt.« Dann wurde er wieder ernst. »Mach dir keine Sorgen, Susan. Für unseren Plan macht es kaum einen Unterschied, ob du innerhalb der Farm bist oder außerhalb. Wir müssen nur alles tun, um Larsen daran zu hindern, diese Wahrheitsdroge einzusetzen. Wenn er das tut, sind wir verloren. Irgendwelche Vorschläge, wie wir vorgehen wollen?«

Er gab sich immer so betont demokratisch, wenn ihm selbst nichts einfiel. Da ging es ihm wie mir.

Aber Chris hatte eine Idee. »Warum geben wir ihm nicht einfach, was er will?« Er machte eine Pause und wartete auf einen Sturm der Entrüstung, aber als alle nur schwiegen, redete er weiter. »Larsen steht mit dem Rücken zur Wand. Kein Argument, keine Drohung wird ihn davon abhalten, einen letzten Versuch zu starten. Und dazu muss er den Babys dieses Gaga-Serum verabreichen. Wir können das nicht verhindern und die Babys werden es auch nicht tun, so viel ist klar. Also müssen wir ihm das geben, was er will, damit er erst gar nicht auf dieses Teufelszeug zurückgreifen muss.«

Nun regte sich doch Widerstand. »Na großartig«, sagte Gordon. »Erst verbringen wir ein gut Teil unserer Zeit damit, ihn auf falsche Fährten zu setzen, und gerade wenn Licht am Ende des Tunnels sichtbar wird, sollen wir ihm alles auf dem silbernen Tablett servieren.«

»Was macht das für einen Unterschied?«, warf Lesley, die direkt neben mir stand, ein. Sie hatte begriffen, worauf Chris hinauswollte. »Sonst bist du doch immer derjenige mit den ungewöhnlichen Ideen, Gordon, warum also nicht jetzt? Welches Datum haben wir heute?«

»Der zwölfte Dezember. Warum willst du das wissen?«

»Warum ich das wissen will? Verstehst du denn nicht? Wir müssen nur noch ein paar Wochen durchhalten, möglicherweise sogar noch weniger. Wenn die Babys Larsen zu diesem Zeitpunkt etwas von ihren Fähigkeiten offenbaren, hat er doch gar nicht mehr die Zeit, Kapital daraus zu schlagen. Und wenn unser Plan fehlschlägt, spielt es sowieso keine Rolle mehr. Larsen wird so außer sich sein über seine Entdeckung, dass er vielleicht sogar unvorsichtig wird. Zumindest aber wird es ihn davon abhalten, sie mit Pentothal voll zu pumpen.«

Susan hatte bisher geschwiegen, aber jetzt mischte sie sich in die Diskussion. »Chris hat Recht«, sagte sie. »Es könnte klappen. Und wir würden dadurch Zeit gewinnen.«

Also wurde Chris' Idee angenommen.

Während sich alle um den Kaffeetisch versammelten, Pläne schmiedeten und Strategien entwickelten, beobachtete ich Susan. Auf ihrem Gesicht lag ein Ausdruck völliger Erschöpfung. Aber da war noch etwas. Für einen kurzen Augenblick konnte ich tiefe Verzweiflung in ihrem Blick erkennen, dann war der Moment vorbei.

Doch das beunruhigende Gefühl in mir blieb.

Larsen bekam also, was er wollte. Fast zwei Jahre lang hatte er darauf gewartet, dass die Babys mit ihm sprachen. Nun taten sie es.

Nicht mit Worten, natürlich, aber auf eine Art und Weise, die er akzeptieren konnte. Es fing damit an, dass sie seinen Namen schrieben. *Doktor Larsen.* Immer wieder schrieben sie es, so lange, bis er hinter seiner Glasscheibe hervorkam um mit ihnen zu reden.

Er stellte ihnen Fragen und sie schrieben die Antworten auf. Unklare Antworten zwar, aber Larsen war zufrieden und notierte sich alles peinlich genau.

Ja, sie konnten untereinander die Gedanken hören. Ja, die anderen Menschen hier sendeten ebenfalls Gedanken aus, aber sie waren sehr, sehr undeutlich. Und ja, sie würden gerne einige Spiele mit ihm machen.

Besonders Letzteres gefiel mir gut. Es stimmte, sie spielten mit ihm, aber er war so euphorisch über den scheinbaren »Durchbruch«, dass er tatsächlich glaubte, sie bezögen sich dabei auf seine kindischen Intelligenztests.

Und währenddessen rückte der Tag X immer näher. Erik kümmerte sich darum, dass mit dem Kleinbus alles in Ordnung war, und Chris überprüfte wohl zum hunderttausendsten Mal den komplizierten Ablauf seines »Spezialprogramms«.

Und ich – ich wartete darauf, dass etwas passierte.

»Was ist denn so speziell an deinem ›Spezialprogramm‹?« Wenn ich mich langweilte, verlegte ich mich gerne darauf, lästige Fragen zu stellen. Aber Chris war nicht aus der Ruhe zu bringen. Erst recht nicht, wenn er über sein Steckenpferd sprach.

»Es handelt sich um ein Virus.«

»So wie bei einer Lungenentzündung?« Ich wollte ihn nur auf den Arm nehmen. Natürlich wusste ich, was ein Computervirus war, aber ich mochte es, wenn Chris zu langen Erklärungen ansetzte. Wenn er mit einem seiner Projekte beschäftigt war, dann hatte er jeden Sinn für Humor verloren und nahm alles furchtbar ernst.

»Mehr wie bei Aids«, erwiderte er trocken. »Ich musste ein Virus entwickeln, das nicht nur den kompletten Festplattenspeicher löscht, sondern auch alle Kopien, die Larsen von bestimmten Dateien angelegt hat, unwiederbringlich zerstört. Gleichzeitig musste ich sicherstellen, dass Larsen nicht vorzeitig gewarnt wird.«

Ich muss wohl ziemlich verständnislos dreingesehen haben, denn als Chris weitersprach, hatte er einen Gang heruntergeschaltet und redete jetzt wie mit einem Schwachsinnigen, für den schon Babysprache zu ausgefeilt war.

»Sieh mal, im Prinzip ist es gar nicht so kompliziert. Ein Programm ist nichts anderes als eine Reihe von Befehlen, die dem Computer genau sagen, was er machen soll. Ich habe ein Programm geschrieben, das Larsens Computer veranlasst, zu einem ganz bestimmten Zeitpunkt Dinge zu tun, von denen Larsen eigentlich gar nicht will, dass sein Computer sie tut, vor allem nicht zu diesem Zeitpunkt. Daher musste ich einen Virus einschleusen – ein Programm, das auf Larsens Computer alles Mögliche durcheinander bringt. Und ich muss sagen, mir ist da ein wirkliches Prachtexemplar von Virus gelungen. Dabei ist es so himmelschreiend einfach. Das Virus ist an die interne Uhr des Computers gekoppelt und aktiviert sich zu einem vorgegebenen Zeitpunkt selbst, sobald man den Computer einschaltet. Und wann, meinst du, ist dieser Zeitpunkt?«

Ich musste nicht lange überlegen. Es war der Tag X. Der Tag, nach dem es kein Zurück mehr gab.

»Und was genau stellt dieses Virus dann an?«

»Ach, eigentlich gar nicht viel. Es löscht nur sämtliche Textdateien und sämtliche Sicherheitskopien der Festplatte und ersetzt sie durch eine nette kleine Botschaft.«

»Aber was ist mit den Kopien auf Diskette?«

»Das ist schon erledigt. Bereits im September hat Erik das Virus in den Hauptcomputer eingeschleust. Und das Schöne daran ist, dass es sich jedes Mal, wenn etwas auf Diskette kopiert wird, mit kopiert und jeden Rechner infiziert, in dessen Laufwerk diese Diskette gesteckt wird. Deshalb sprach ich vorhin von Aids. Wenn es sich einmal festgesetzt hat, gibt es kein Heilmittel. In den vergangenen Monaten hat Larsen mehr oder weniger mit sämtlichen Disketten gearbeitet, die er hat, und sie dadurch infiziert. Doch die Krankheit kommt erst zum Ausbruch, wenn wir es wollen. Dann zerstört das

Virus alle Daten und unsere Botschaft erscheint auf dem Bildschirm.«

Er wartete darauf, dass ich anbiss, aber ich tat ihm den Gefallen nicht.

»Willst du denn gar nicht wissen, was für eine Botschaft es ist? Es war nicht meine Idee. Ich fragte Greg, ob ihm etwas einfiele, und er machte auch tatsächlich einen Vorschlag. Er fand, es sei sehr passend.«

»Okay, du hast gewonnen. Wie lautet die Botschaft?«

»Es ist ein Zitat. Greg hat mir gesagt, von wem es stammt, aber ich habe es bereits wieder vergessen. Wenn der Satz erscheint, füllt er den ganzen Bildschirm aus. Das hielt *ich* für passend.«

Als Chris mir schließlich verriet, um welchen Satz es sich handelte, fand ich das auch.

XXXII
Weg ohne Rückkehr

24. Dezember 1990, 21 Uhr

Die meisten seiner Mitarbeiter waren über die Feiertage wegge-
fahren und Larsen war allein im Beobachtungszimmer. Die Babys hatten ihm die schönste Weihnachtsüberraschung beschert,
die er sich vorstellen konnte, und er war in Hochstimmung.
Brady sollte ruhig versuchen ihm die Schau zu stehlen. Es
würde ihm nicht gelingen. Der Durchbruch war geschafft,
die Mauer niedergerissen. Er hatte gewonnen. Die ganze
Welt stand ihm offen. Und wenn er erst einmal alle Rätsel ge-
löst hatte, musste er nur noch die Ursache bestimmen und
das war's dann. Das Ende des Regenbogens. Nichts konnte
dieses Gefühl trüben ...
Draußen waren Schritte zu hören und er hörte Sanderson etwas rufen. Sanderson war allein stehend, ohne Familie, daher hatte er sich bereit erklärt, über die Feiertage hier zu bleiben und Larsen zu helfen. Außer Sanderson und Larsen
selbst war nur noch MacIntyre da, der ganz in der Nähe
wohnte. Die drei hatten sich nur um die Babys zu kümmern,
denn die anderen Kinder waren über die Feiertage zu ihren
Familien nach Hause gefahren.
Der junge Wissenschaftler kam völlig außer Atem in das
Zimmer gerannt.

200

»Was ist los, Mann?« Larsen reagierte unwirsch auf die plötzliche Störung.

»F-Feuer! Die Wohnräume stehen in Flammen. Ich habe schon die Feuerwehr alarmiert, aber sie brauchen zehn Minuten von der Stadt bis hierher. Wir müssen sofort etwas unternehmen!«

Ein eisiges Gefühl machte sich in Larsens Eingeweiden breit. Direkt neben den Wohnräumen befand sich sein privates Arbeitszimmer mit seinen persönlichen Unterlagen. Die zwei Männer verließen eilig den Raum.

Inzwischen hatte das Feuer sich ausgebreitet. Es gab nichts, was sie tun konnten, um noch etwas im Inneren des Gebäudes zu retten. Larsen rannte auf die Rückseite zum Fenster seines Arbeitszimmers, aber die Flammen hatten schon die Zimmerdecke erreicht und der Raum war ein einziges Inferno.

Durch die enorme Hitze zersprang das Glas. Doch bevor ihn eine dicke Rauchwolke vom Fenster vertrieb, sah Larsen etwas, das ihn erstarren ließ.

Der feuersichere Safe, in dem er alle wichtigen Unterlagen aufbewahrte, sämtliche Ergebnisse seiner Forschungen, stand weit offen und die Flammen konnten auch dort ihr zerstörerisches Werk fortsetzen. Das war der Beweis, dass das Feuer absichtlich gelegt worden war. Und das bedeutete ...

Aufgeschreckt machte er kehrt und rannte zurück. Aber er kam zu spät. Als er sich dem Gebäude näherte, raste der Kleinbus an ihm vorbei. Der Schein der Flammen, der sich in den Fensterscheiben des Fahrzeugs widerspiegelte, blendete ihn, aber er wusste auch so, wer sich darin befand.

Fünf kleine Kinder und zumindest eine weitere Person. Der geheimnisvolle dunkle Mann war zurückgekommen.

Im Inneren des Gebäudes war alles unverändert. Er rannte zu seinem Büro. Auch hier war alles an seinem Platz ... aber halt! Es roch seltsam – merkwürdig und doch vertraut. Der beißende Geruch von Säure. Ein rascher Blick zum Chemikalienschrank genügte. Als er die leere Flasche da stehen sah, wusste er bereits Bescheid. Mit schweren Schritten durchquerte er langsam den Raum. Alle Kraft war aus ihm gewichen.

Er zog die Schublade auf und taumelte einen Schritt zurück, als die scharfen Dämpfe der Säure ihm in die Nase stiegen. Seine Augen brannten. Jemand hatte hochkonzentrierte Säure in alle Schubladen gegossen und jetzt fraß sie sich durch die Stöße von Papier. Durch alles das, was er in den vergangenen zwei Jahren so mühevoll zusammengetragen hatte. Tränen liefen ihm über das Gesicht, aber schuld daran waren nicht die Dämpfe. Seine Welt stürzte über ihm zusammen. Dennoch unternahm er einen letzten Versuch zu retten, was noch zu retten war.

Der Schrank mit den Videofilmen stand halb offen und der scharfe Rauch, der ihm entströmte, sagte Larsen, dass auch dort die Säure wütete. Dann richtete er seine Aufmerksamkeit auf den Computer. Für einen kurzen Augenblick überkam ihn eine Spur von Hoffnung. Er schaltete das Gerät ein. Während das Betriebssystem hochgefahren wurde, hielt er den Atem an. Dann ...

Es war der letzte Nagel zu seinem Sarg. Der Bildschirm wurde kurz schwarz, dann rot. Eine Meldung erschien. Sie bestand aus drei Wörtern, die fast den gesamten Bildschirm ausfüllten und seine zerstörten Träume verhöhnten:
ERKENNE DICH SELBST!

21.15 Uhr

Der Polizist, der den Anruf entgegennahm, klang noch sehr jung, aber er schien sehr tüchtig zu sein. Er notierte sich alle Angaben zu dem Kleinbus und vermerkte auch die Richtung, die das Fahrzeug eingeschlagen hatte. Dann versicherte er, dass bereits ein Streifenwagen unterwegs sei und in Kürze auf der Farm ankommen werde.

Aber wo zum Teufel blieb die Feuerwehr? Sie hätte schon vor einer Ewigkeit eintreffen müssen. Larsen sah zum Fenster hinaus nach drüben. Die Flammen schlugen über dem Dach zusammen, die Fenster barsten. Da war nichts mehr, was sie noch hätten retten können. Absolut nichts mehr.

Die Minuten verstrichen unendlich langsam. Aber niemand kam ihm zu Hilfe. Er wartete vergebens.

Außerhalb des Geländes, auf der anderen Seite des Zauns, da, wo das unterirdische Telefonkabel zur Farm abzweigte, packten Gordon und Lesley gerade die Gerätschaften ein, die Chris ihnen mitgegeben hatte. Vorsichtig entfernte Gordon den provisorischen Anschluss, den sie vor ein paar Tagen an dieser Stelle eingebaut hatten. Jetzt würden die Gespräche von und zur Farm wieder normal weitergeleitet werden. Wenige Minuten später war das Kabel mit Erde bedeckt. Dann nahm der junge »Polizist« das Mädchen bei der Hand und gemeinsam gingen sie den Weg zurück zur Straße, wo ein Auto auf sie wartete. Susan winkte ihnen zu, als sie sie näher kommen sah, aber die beiden waren ganz in ihr Gespräch vertieft.

21.40 Uhr
Es dauerte einen Augenblick, bis das Schrillen des Telefons Larsens Mantel der Verzweiflung durchdrang. Sanderson stand draußen und starrte hilflos auf die brennenden Überreste des anderen Gebäudes und wartete auf eine Feuerwehr, die nie kommen würde.

Larsen wollte, dass das Läuten endlich aufhörte, doch als der Apparat immer weiter klingelte, zwang er sich schließlich den Hörer abzunehmen.

Die Stimme am anderen Ende der Leitung kam ihm bekannt vor.

»Hallo, Doktor Larsen? Hier spricht Ted Gleeson ... vom Bootshafen.« Für eine Sekunde war es still, dann sprudelten die Worte aus ihm heraus. »Könnten Sie bitte unverzüglich hierher kommen, Sir? Jemand hat Ihr Boot gestohlen.«

22.15 Uhr
Der alte Jaguar kam schlitternd am Tor des Bootshafens zum Stehen. Heraus stieg mit fahrigen Bewegungen ein etwas ramponiert aussehender Larsen.
Ein entzweigebrochenes Streichholz im Ventil eines Reifens hatte den Wagen lahm gelegt. Es hatte Larsen beinahe fünfzehn Minuten gekostet um den Reifen zu wechseln. Sie hatten an alles gedacht. Falls er auf die Idee gekommen wäre, dem Kleinbus hinterherzujagen, wäre auch dieser Plan vereitelt worden.
Gleeson wartete bereits auf ihn, aber Larsen war nicht in der Stimmung für Höflichkeitsfloskeln.
»Haben Sie die Polizei verständigt? Wurde schon mit der Suche begonnen?«
»Ja, ich habe sie alarmiert, aber sie können nicht viel unternehmen. Ein Boot der Küstenwache und der Rettungshubschrauber sind auf See. Es hat irgendwo im Süden einen Notruf gegeben. Das war so um neun, also lange bevor Ihr Boot gestohlen wurde.«
Ja, sie hatten wirklich an alles gedacht.
»In welche Richtung sind sie verschwunden?« Es sprach keine Eile mehr aus diesen Worten. Larsen war ein gebrochener Mann.
Bevor der Hafenwächter antworten konnte, tauchte ein zweiter Wagen auf und MacIntyre stieg aus.
»Sanderson hat mir gesagt, wo ich dich finden kann. Ich bin so schnell gekommen, wie ich nur konnte. Gibt es etwas, das ich tun kann?«

Larsen sah ihn nur an und schwieg.

»Sie sind in Richtung Norden verschwunden«, sagte der junge Mann um die angespannte Stille zu brechen. »Ich habe es zwar nicht mit meinen eigenen Augen gesehen, aber ein junges Pärchen kam und erzählte es mir. Das taten sie deshalb, weil, wie sie sagten, die Kinder sehr verängstigt ausgesehen hätten und –«

»Die Kinder?« Larsen drehte sich um und starrte ihn an.

»Das ist ja das Verrückte an der Sache. Wenn man ein Boot stehlen will, nimmt man doch keine kleinen Kinder mit!« Doch noch bevor er den Satz zu Ende gesprochen hatte, rannten die beiden Männer schon zu ihren Fahrzeugen.

»Nach Norden!«, rief Larsen und startete den Motor.

23.30 Uhr

Es war kalt am Strand und der scharfe Wind blies ihnen den Sand ins Gesicht.

»Warum warten wir hier eigentlich?« MacIntyre wandte Meer und Wind den Rücken zu und blickte zum Himmel hinauf. »Es fängt gleich an zu regnen.«

»Wenn du nicht länger hier bleiben willst, dann geh doch! Das hier hat nichts mit dir zu tun ... nicht mehr.«

»Moment mal! Immerhin habe ich einige Jahre meines Lebens auf dieses Projekt verschwendet.«

»Verdammt noch mal, begreifst du denn nicht? Es ist vorbei! Aus und vorbei. Die Babys sind weg, alle Unterlagen vernichtet. Wir sind am Ende ...« In Larsens Stimme schwang ein ungläubiger Ton mit, so als spräche er mit sich selbst.

»Sie können noch gar nicht so weit gekommen sein. Nicht zu dieser Zeit. Nicht bei diesem Wetter.«

MacIntyre wandte sich ab und ging. Es hatte keinen Sinn, hier zu stehen und zu warten. Larsen drehte langsam völlig durch und das war wahrhaftig kein schöner Anblick. Da hörte er ihn rufen.

»Da ist sie, die *Lisa-Marie*! Da drüben!« Larsen deutete aufs Meer hinaus. MacIntyre blickte in die gezeigte Richtung. Da sah er es. Ein kleiner schwarzer Fleck, kaum zu erkennen. Aber es dauerte nur eine Sekunde. Denn plötzlich erhellte ein greller Blitz den Horizont und ein lautes Grollen dröhnte in ihren Ohren. Larsen sank auf die Knie.

»Nein! Das kann nicht sein!«

Dann fing er an zu lachen. Es war ein Furcht erregendes, unkontrolliertes Lachen. MacIntyre ging auf ihn zu. Larsens Augen waren weit aufgerissen und er murmelte etwas vor sich hin.

»Die defekte Benzinleitung ... Ich bin nicht dazu gekommen, sie reparieren zu lassen.«

Es fing an zu regnen. Dicke Tropfen klatschten in sein dem Himmel zugewandtes Gesicht und vermischten sich mit den Tränen, die über seine Wangen strömten.

Hoch oben auf dem Klippenvorsprung stand Susan Grace und warf ein kleines schwarzes Kästchen in die Tiefe, wo es von der Brandung verschluckt wurde. Sie wartete einen Augenblick und flüsterte einige Worte in das Heulen des Windes. Dann ging sie, ganz allein, zu ihrem Wagen zurück.

EPILOG:
Ein Ende und ein Anfang

24. März 1996, 20.40 Uhr

»Ich bin am Verhungern.« Susan nippte an ihrer Diät-Cola und sah wohl schon zum hundertsten Mal zum Fenster hinaus.

»Ich weiß. Ich wünschte nur, sie würden sich etwas beeilen. Wenn sie nicht bald da sind, ist dieses Abendessen reif für den Abfalleimer.« Erik blickte zu seiner Frau hinüber und lächelte. Sie sah nicht nach einem »Fünfzehn-Monats-Kind« aus, wie sie immer behauptete, auch wenn sie sich ständig über ihr Gewicht beschwerte. Die Schwangerschaft bekam ihr gut.

Plötzlich lächelte sie. »Sie kommen. Ich sehe schon die Scheinwerfer ihres Wagens.« Jetzt endlich konnte sie sich entspannen.

Der Weg vom Flughafen von Sydney bis hierher war lang und Mikki hatte sich noch nicht an das neue Auto gewöhnt. Susan hatte sie zu überreden versucht, doch ein »vernünftiges« Auto zu kaufen, aber Greg hatte schon immer einen Porsche gewollt. Und obwohl Mikki diejenige war, die am Steuer sitzen musste, konnte sie ihm diesen Wunsch nicht abschlagen. Wie meistens, wenn er sich etwas sehr wünschte. Außerdem liefen die Geschäfte so gut, dass sie mit Geld um sich werfen konnten. Soviel Susan wusste, war der Sportwagen jedoch die einzige Extravaganz, die die beiden sich leisteten.

»Ruf die anderen. Das Fleisch schmeckt wahrscheinlich inzwischen wie altes Schuhleder.«

Als der Wagen vor der weitläufigen Veranda des alten Farmhauses hielt, hatten sich bereits alle um den Tisch versammelt. Der riesige, ausziehbare Tisch bot bequem Platz für zwanzig Personen und fast alle Stühle waren besetzt.

Mikki öffnete die Tür und trat einen Schritt zur Seite um Greg vorbeizulassen. Selbst in dem grellen Licht der Küchenlampen sahen sie braun gebrannt und strahlend aus.

»Willkommen daheim, ihr beiden. Wie waren eure Flitterwochen?«

Greg sah seine frisch gebackene Ehefrau an und grinste. »Ein Tag schöner als der andere ... Und das Wetter war auch nicht schlecht.« Sie gingen zu dem Tisch und setzten sich. »Aber es ist auch schön, wieder zu Hause zu sein. Es gibt doch nichts Gemütlicheres als ein Familienessen.«

Susan, die gleich neben dem Herd saß, ließ ihren Blick über ihre »Familie« schweifen. Sechzehn junge Menschen. Sechzehn kluge und großartige junge Menschen.

Das Baby in ihr bewegte sich und sie legte ihre Hand auf den Bauch. *Ja, mein Kind, auf dich wartet wirklich eine ganz besondere Familie.*

Mikki und Greg, Lesley und Gordon, Gretel, Katie und Chris. Sie alle waren so groß geworden in den letzten sechs Jahren ... und hatten sich doch so wenig verändert.

Ian, Rachael, Pep und Ricky. Und Myriam. Sie waren nicht sehr gewachsen, aber sich verändert, ja, das hatten sie. Vierzehn Jahre waren sie alt, sahen aber aus wie acht. Chris hatte ihren »Alterungsfaktor« ausgerechnet – »irgendwas, Komma sechs« –, nach dem sie ungefähr hundertsechzig Jahre alt werden würden. »Stell dir vor«, hatte Greg daraufhin gesagt, »zwanzig Jahre lang ein Teenager zu sein!« Typisch.

Dann waren da noch Nicholas, Lisa, Benjamin und Judy. Jene vier Namen auf Richards Liste. In den Monaten nach dem »Tod« der Babys hatten sie den Aufenthaltsort der vier Kinder herausgefunden und sie in ihre Großfamilie aufgenommen.

Und wenn du da bist, mein Kind, dann sind wir komplett.

»Susan, ist alles in Ordnung mit dir?«

Plötzlich merkte sie, dass sie die ganze Zeit über regungslos dagesessen hatte.

»Aber ja, es geht mir gut. Ich habe nur nachgedacht.«

»Bist du nicht schon zu alt um noch neue Hobbys anzufangen?« Greg war wieder einmal in Höchstform.

»Ich habe darüber nachgedacht, was für einen langen Weg wir hinter uns haben. Die ganze Zeit über, als wir diesen Plan ausgeheckt haben ... vor jener denkwürdigen Nacht ... habe ich daran gezweifelt, ob wir es je bis hierher schaffen würden. Als Richard starb, fühlte ich mich so allein ... so leer. Jetzt bin ich komplett.« Sie wischte sich mit einem Taschentuch über die Augen. »Jetzt habe ich eine Familie.«

Familie ... dasisteinanderes ... wortfürgemeinschaft.

»Ja, Myri, das ist es.«

»Da wir gerade von Gemeinschaft sprechen ...«, sagte Greg und erhob sich. »Bevor wir am Ende alle noch sentimental werden und uns über dem Roastbeef in die Arme fallen – was übrigens gar keine so schlechte Idee ist –, möchte ich uns alle beglückwünschen. Auf dem Weg vom Flughafen hierher haben wir nämlich kurz bei der Bank Halt gemacht.« Er wandte sich an Mikki. »Willst du es ihnen sagen oder soll ich das übernehmen?«

»Sag du es ihnen, ich bin immer noch dabei, es überhaupt zu verkraften.«

»Also gut. Meine Damen und Herren, Jungs und Mädchen – sowie jeder, der nicht in die genannten Kategorien passt ... Mit den letzten Zahlungen für die Patente auf die Erfindungen, die Chris und die Babys ausgetüftelt haben, sowie den Honoraren und der Unkostenerstattung für diverse Beratungsleistungen, nicht zu vergessen den zwanzig Dollar, die Erik letzten Monat in der Lotterie gewonnen hat, konnte die Denkfabrik GmbH ihr vorheriges Halbjahreseinkommen verdoppeln. Für den Laien verständlich gemacht heißt dies: Alles zusammen genommen sind wir ungefähr drei Millionen Dollar wert, plus minus ein paar Tausender.«

»Komisch«, sagte Gretel ohne aufzublicken. Sie war gerade dabei, mit Hingabe eine riesige Portion Rindfleisch zu zerlegen. »Ich fühle mich kein bisschen anders.«

Gordon grinste. »Was fangen wir damit an? Mit dem Geld, meine ich. Wenn es sich weiterhin so rasant vermehrt, wissen wir bald nicht mehr, was wir damit machen sollen. Das Letzte, was wir wollen, ist, so zu werden wie diese verdammte Raecorp.«

»Ich habe mir etwas überlegt.« Mikki starrte in ihr Weinglas und betrachtete die goldfarbene Flüssigkeit. »Als wir hierher kamen, hatten wir nichts. Wir waren auf der Flucht und suchten einen Ort, an dem wir uns verstecken konnten. Die meisten von uns hatten zwar ein Zuhause bei ihren Familien und Susan hatte dieses Farmhaus hier, aber die Babys hatten nichts. Alle Welt hielt sie für tot. Um unseren Lebensunterhalt zu sichern, gründeten wir die Denkfabrik GmbH. Sie erwies sich als wahre Goldgrube, von überall her kamen die Anfragen. Und über die gemeinsame Arbeit in der Denkfabrik hinaus durften wir alle – und manche von uns zum ersten Mal – das Gefühl erfahren, wirklich zu einer Familie zu gehören.«

Sie blickte in die Runde, bevor sie weitersprach. »Früher oder später werden einige von uns eigene Wege gehen.« Sie fing Gregs Blick auf und lächelte. »Einige von uns haben damit schon angefangen. Wir alle werden unseren Anteil an dem Profit dazu nutzen, ein gutes Leben für uns und unsere Kinder zu schaffen, aber ich gehe davon aus, dass wir mehr als genug haben um auch anderen zu helfen … Außenseitern. Menschen mit speziellen Talenten oder Fähigkeiten – oder mit speziellen Problemen. Ich meine alle diejenigen, die nicht in eine Schublade passen. Ich bin sicher, dass uns viele, viele Projekte einfallen, die es anderen ermöglichen, sinnvoll zu leben und nicht mehr wie Verrückte oder Versuchskaninchen behandelt zu werden. Jeder Mensch kann seinen Beitrag leisten, man muss ihm nur die Chance dazu geben. Und diese Chance könnten wir sein. Ich möchte euch bitten darüber nachzudenken.«

Als sie in die Runde sah, wusste sie, dass es keine Einwände geben würde.

»Ach übrigens«, sagte Greg und schmunzelte. »Vielleicht interessiert es euch, die letzten Neuigkeiten über Larsen zu erfahren.« Er machte absichtlich eine Pause und nippte an seinem Glas, bevor er weitersprach. »Er arbeitet jetzt für uns.«

»Er macht was?« Lesley klang nicht sonderlich begeistert.

»Na ja, nicht direkt für uns. Erinnert ihr euch an das Projekt über bedrohte Tierarten, das wir mit auf die Beine gestellt haben?«

»Das Programm für die Aufzucht in Tierparks und den Schutz der in der Wildnis lebenden Tiere?«

»Genau das. Ihnen fehlte ein Forschungsleiter, also schlug ich Larsen vor.«

»Warum denn, um Himmels willen?«

»Weil er einen Job brauchte. Nachdem er sich von seinem Zusammenbruch erholt hatte, fand er keine Arbeit. Raecorp hatte seinen Namen auf die schwarze Liste gesetzt und er hätte nicht einmal eine Stelle bei der Kanalreinigung bekommen. Also dachte ich: Was soll's! Wenn er sich um bedrohte Tierarten kümmert, wird er kein Unheil anrichten können. Außerdem ist er ein erstklassiger Wissenschaftler. Daher empfahl ich ihn. Er selbst wird das aber nie erfahren. Vielleicht gefällt ihm seine neue Aufgabe ja sogar.«

Susan fing an zu lachen. »Greg, du bist einfach unglaublich!«

Langsam glitt Gregs Blick von einem Gesicht zum nächsten. Hier waren seine Freunde, seine Frau. Seine ganz spezielle Familie.

»Sind wir das nicht alle?«, sagte er.

Widar Aspeli
Schneesturm
Ab 12 Jahren, 197 Seiten

Als Elin, Trude, Jørn und Audun zu ihrem Urlaub in der Skihütte von Trudes Eltern aufbrechen, wissen sie nicht, was sie erwartet. Sie freuen sich auf fetzige Musik, tolle Hüttenabende, Skitouren und Snowboard-Sprünge. Und dann treiben sie auch noch ein cooles neues Powergetränk auf, das ein zwielichtiger Typ namens Schneider verkauft. Aber am nächsten Tag fühlt vor allem Audun sich komplett zerschlagen, ist beängstigenden Visionen und Bewusstseinsstörungen ausgesetzt. Trotzdem brechen die vier Freunde wie verabredet zu einer Skitour in die Berge auf und schlagen damit auch die bedrohliche Wettervorhersage in den Wind.

Fataler Fehler – denn in rasender Schnelle wird die ganze Bergregion von einem undurchdringlichen Schneesturm heimgesucht. Den vier Jugendlichen bleibt nichts anderes übrig als sich einzugraben, obwohl Audun immer schwächer wird und die Gegend für ihre Lawinengefahr bekannt ist. Und damit nicht genug: Beim Graben ihrer Schneehöhle stoßen die vier auf die Leiche einer Frau!

Wie sich herausstellt, ist es eine Journalistin, die einer neuen Modedroge – eben ihrem »Powergetränk« – auf der Spur war ...

by sauerländer

Terry Spencer Hesser

Tyrannen im Kopf
Taras Geschichte

Ab 12 Jahren, 192 Seiten

Schon als Kind war Tara ein bisschen ängstlich – ein kleiner »Sorgenbeutel«, wie ihre Mutter meint. Aber nichts reicht an den Schrecken heran, den ihr im Alter von elf Jahren ein Reim versetzt, den sie zufällig von kästchenhüpfenden Kindern aufschnappt: »Draufgetreten – Missgeschick! Bricht der Mutter das Genick!« Gegen ihren Willen geht ihr der Reim wieder und wieder durch den Kopf, er klingt ihr in den Ohren, er unterlegt seinen Rhythmus jeder ihrer Bewegungen. Der Spruch scheint Tara absurd, dumm, sinnlos – aber sie kann nicht anders: Von nun an sucht sie mit peinlicher Sorgfalt nach allen Ritzen, die sie zwischen den Pflastersteinen der Straße entdecken kann. Gedanken-Tyrannen, so glaubt sie, sind in ihrem Kopf erwacht. Und es bleiben nicht die einzigen, denn plötzlich muss Tara Dinge abzählen, Muster herstellen, Reihenfolgen festlegen ...

Warmherzig und ergreifend erzählt Terry Spencer Hesser die Geschichte eines Mädchens, das mehr und mehr in selbst geschaffene, zwanghafte Rituale verfällt, bis sie und ihre Eltern endlich herausfinden, woran sie leidet: an OCD, einer so genannten Zwangserkrankung. Tara findet die richtige Therapie – und erkennt, dass sie weder verrückt ist noch mit ihren Zwangshandlungen alleine steht.

by sauerländer

Irma Krauß

Rabentochter

Ab 12 Jahren, 193 Seiten

»Die Blonde« – das ist Corinnas
wahre Mutter. Nicht Edith, »die
Rote«, die sich von morgens bis
abends um sie bemüht. Die alles
diskutieren und alles richtig
machen will. Und die ständig von
Familie und Vertrauensbasis redet.
    Edith ist Corinnas Adoptivmutter.
Schon neun Jahre lang, seit sie
das damals fünfjährige Mädchen
aus dem Jugendheim abgeholt hat.
Aber so beharrlich Edith ihre Adop-
tivtochter auch mit Liebe umgibt –
Corinna will diese Liebe letztlich
nicht. Zu lebendig sind die Erinne-
rungen an ihre leibliche Mutter und zu groß ist die Verzweiflung über deren plötzliches Verschwinden. Das »Warum?«
hört nicht auf an ihr zu nagen. Und während es äußerlich so
scheint, als habe sie sich in ihrer neuen Familie arrangiert,
rebelliert Corinna innerlich. Die Geschehnisse spitzen sich
dramatisch zu. Und dann gelingt es Corinna tatsächlich, ihre
Mutter aufzuspüren. Es kommt zu einer Auseinandersetz-
ung, die alles ändert.

    Irma Krauß hat eine Geschichte geschrieben, die einem
den Atem nimmt: In filmähnlichen Sequenzen setzt sie die
Story eines Mädchens zusammen, das sich im Strudel ex-
tremer Gefühle seinen Weg sucht.

by sauerländer

Torbjørn Moen

Hauptsache Mädchen!

Ab 13 Jahren, 248 Seiten

Mit fünfzehn muss man immer wieder lebenswichtige Entscheidungen treffen. So geht's auch Roman, dem Held dieses Buches. Da ist zum Beispiel die schöne Sonja, die er auf dem bevorstehenden Schulfest davon überzeugen will, dass er ihr Traummann ist. Aber was soll er sagen, damit sie nicht gleich ins große Gähnen verfällt? Und dann ist da Burre, der Ober-Angeber der Schule, der ihm nach dem Hockeyspiel seine Bärchen-Unterhose geklaut hat. Soll Roman ihm eine reinsemmeln oder lieber cool bleiben? Oder soll er vielleicht die Fete dazu nutzen, Burre seine Freundin Lise-Lotte auszuspannen? Denn die ist auch ziemlich süß, genau wie Rosita oder Gudrun ...

Im wahren Leben hat man in solchen Schicksalsmomenten nur eine Chance; wenn man die falsche Entscheidung trifft, rettet einen nichts mehr. In diesem Buch ist das anders und der Leser hat es selbst in der Hand, ob er Roman in eine schwarze Katastrophe oder in ein rosarotes Happy End schickt.

aare by sauerländer